桥梁诗咏

郑则群 著

中国建材工业出版社
北京

图书在版编目（CIP）数据

桥梁诗咏 / 郑则群著. —北京：中国建材工业出版社，2024.12

ISBN 978-7-5160-4047-8

Ⅰ. ①桥… Ⅱ. ①郑… Ⅲ. ①诗集－中国－当代 Ⅳ. ①I227

中国国家版本馆 CIP 数据核字（2024）第 016793 号

桥梁诗咏
QIAOLIANG SHIYONG
郑则群　著

出版发行：中国建材工业出版社
地　　址：北京市西城区白纸坊东街 2 号院 6 号楼
邮政编码：100054
经　　销：全国各地新华书店
印　　刷：北京印刷集团有限责任公司
开　　本：710mm×1000mm　1/16
印　　张：12
字　　数：120 千字
版　　次：2024 年 12 月第 1 版
印　　次：2024 年 12 月第 1 次
定　　价：**56.00 元**

本社网址：www.jskjcbs.com，微信公众号：zgjskjcbs
请选用正版图书，采购、销售盗版图书属违法行为
版权专有，盗版必究。本社法律顾问：北京天驰君泰律师事务所，张杰律师
举报信箱：zhangjie@tiantailaw.com　举报电话：（010）63567684
本书如有印装质量问题，由我社事业发展中心负责调换，联系电话：（010）63567692

前 言
PREFACE

  作为一名在桥梁领域深耕 26 年的从业者，本人已设计施工了二十余座钢结构与组合结构桥梁，检测桥梁近千座，加固桥梁一百余座，同时在专业之余酷爱文学。

  中国桥梁闻名世界，无论是跨越能力、建造技术、建桥材料、建设装备，各个方面都已经达到了世界一流水准。一座座"飞虹"见证了时代的进步，更展示了中国人的智慧和勇气。本书《桥梁诗咏》是我出版的第二本诗集，书中将当代各种类型桥梁的结构、力学、美学、历史、古诗词、创意、设计、施工、科研融于一体，采用绝句与律诗的诗词形式，表达了作为桥梁人内心无比的骄傲和自豪。

  本书以桥梁建设专业视角，富有浓厚诗韵地诠释了桥梁方案与设计构思过程。所有赋诗的对象均为当代桥梁，桥梁的形式主要为连续梁桥、刚构桥、斜拉桥、悬索桥、组合桥梁等，别有一番韵味。

  本书在编写过程中，得到了东南大学丁建明教授与同济大学徐利平教授等专家的大力支持和帮助，在此一并表示诚挚的感谢！希望本书能够得到土木工程界同人、建筑设计师、结构工程师与高校师生，以及文学爱好者们的喜爱。

福州大学　郑则群
2024 年 11 月

目 录 CONTENTS

1	念奴娇·张靖皋长江大桥赋一	1
2	念奴娇·张靖皋长江大桥赋二	2
3	念奴娇·张靖皋长江大桥赋三	3
4	东坡引·杭甬桥梁景观一	4
5	东坡引·杭甬桥梁景观二	5
6	东坡引·杭甬桥梁景观三	6
7	东坡引·杭甬桥梁景观四	7
8	永遇乐·青阳港桥赋一	8
9	永遇乐·青阳港桥赋二	9
10	永遇乐·青阳港桥赋三	10
11	洞仙歌·江阴临江路桥赋一	11
12	洞仙歌·江阴临江路桥赋二	12
13	洞仙歌·江阴临江路桥赋三	13
14	八声甘州·如皋长江大桥一	14
15	八声甘州·如皋长江大桥二	15
16	八声甘州·如皋长江大桥三	16
17	彩凤飞·环境协调设计理念一	17
18	彩凤飞·环境协调设计理念二	18
19	彩凤飞·环境协调设计理念三	19
20	彩凤飞·环境协调设计理念四	20
21	东风齐著力·马军巷人行桥一	21
22	东风齐著力·马军巷人行桥二	22
23	步蟾宫·江心洲景观三号桥一	23

24	步蟾宫·江心洲景观三号桥二	24
25	步蟾宫·江心洲景观三号桥三	25
26	步蟾宫·江心洲景观三号桥四	26
27	蝶恋花·东大过街天桥之一	27
28	蝶恋花·东大过街天桥之二	28
29	蝶恋花·东大过街天桥之三	29
30	芳草渡·苏州中心人行桥之一	30
31	芳草渡·苏州中心人行桥之二	31
32	芳草渡·苏州中心人行桥之三	32
33	遍地锦·龙游河十字拱桥一	33
34	遍地锦·龙游河十字拱桥二	34
35	遍地锦·龙游河十字拱桥三	35
36	彩凤飞·通吕运河桥一	36
37	彩凤飞·通吕运河桥二	37
38	彩凤飞·通吕运河桥三	38
39	念奴娇·昆山青淞路天桥赋一	39
40	念奴娇·昆山青淞路天桥赋二	40
41	念奴娇·昆山青淞路天桥赋三	41
42	景观桥梁设计创新赋	42
43	并蒂芙蓉·听海桂湾河桥赋一	43
44	并蒂芙蓉·听海桂湾河桥赋二	44
45	垂杨·梦海桂湾河桥赋一	45
46	垂杨·梦海桂湾河桥赋二	46
47	垂杨·梦海桂湾河桥赋三	47
48	芭蕉雨·深圳前海人行桥赋一	48
49	芭蕉雨·深圳前海人行桥赋二	49
50	芭蕉雨·深圳前海人行桥赋三	50
51	芭蕉雨·深圳前海人行桥赋四	51
52	百宜娇·天府绿道人行桥赋一	52

53	百宜娇·天府绿道人行桥赋二	53
54	秋色横空·凤荷桥赋一	54
55	秋色横空·凤荷桥赋二	55
56	卜算子慢·南京胭脂扣人行桥一	56
57	卜算子慢·南京胭脂扣人行桥二	57
58	多丽·生态区人行桥赋一	58
59	多丽·生态区人行桥赋二	59
60	彩云归·东莞龙涌人行桥一	60
61	彩云归·东莞龙涌人行桥二	61
62	彩云归·东莞龙涌人行桥三	62
63	蝶恋花·台州椒江二桥赋一	63
64	蝶恋花·台州椒江二桥赋二	64
65	念奴娇·衢州市书院大桥赋一	65
66	念奴娇·衢州市书院大桥赋二	66
67	念奴娇·常州市西仓桥赋一	67
68	念奴娇·常州市西仓桥赋二	68
69	秋色横空·葵坝路跨线桥一	69
70	秋色横空·葵坝路跨线桥二	70
71	大湾区滨海湾大桥赋一	71
72	大湾区滨海湾大桥赋二	72
73	嘉松公路黄浦江大桥赋一	73
74	嘉松公路黄浦江大桥赋二	74
75	嘉松公路黄浦江大桥赋三	75
76	衢州市霞飞路衢江大桥赋一	76
77	衢州市霞飞路衢江大桥赋二	77
78	武汉天兴洲大桥赋	78
79	七律·汕头海湾大桥赋一	79
80	七律·汕头海湾大桥赋二	80
81	七律·汕头海湾大桥赋三	81

82	七律·汕头海湾大桥赋四	82
83	七律·汕头海湾大桥赋五	83
84	七律·汕头海湾大桥赋六	84
85	五律·汕头海湾大桥赋七	85
86	七律·武汉鹦鹉洲长江大桥一	86
87	七律·武汉鹦鹉洲长江大桥二	87
88	七律·武汉鹦鹉洲长江大桥三	88
89	新京张官厅湖特大桥赋一	89
90	新京张官厅湖特大桥赋二	90
91	新京张官厅湖特大桥赋三	91
92	新京张官厅湖特大桥赋四	92
93	新京张官厅湖特大桥赋五	93
94	新京张官厅湖特大桥赋六	94
95	嘉绍跨海大桥赋一	95
96	嘉绍跨海大桥赋二	96
97	嘉绍跨海大桥赋三	97
98	嘉绍跨海大桥赋四	98
99	七律·乌苏大桥赋一	99
100	七律·乌苏大桥赋二	100
101	七律·港珠澳大桥赋一	101
102	七律·港珠澳大桥赋二	102
103	七律·港珠澳大桥赋三	103
104	七律·港珠澳大桥赋四	104
105	七律·港珠澳大桥赋五	105
106	七律·南京眼步行桥赋一	106
107	七律·南京眼步行桥赋二	107
108	七律·南京眼步行桥赋三	108
109	七律·南京眼步行桥赋四	109
110	七律·南京眼步行桥赋五	110

111	平潭海峡公铁大桥赋一	111
112	平潭海峡公铁大桥赋二	112
113	平潭海峡公铁大桥赋三	113
114	平潭海峡公铁大桥赋四	114
115	荆州长江公铁大桥赋一	115
116	荆州长江公铁大桥赋二	116
117	荆州长江公铁大桥赋三	117
118	荆州长江公铁大桥赋四	118
119	湖南赤石大桥赋一	119
120	湖南赤石大桥赋二	120
121	湖南赤石大桥赋三	121
122	湖南赤石大桥赋四	122
123	湖南赤石大桥赋五	123
124	湖南赤石大桥赋六	124
125	湖南赤石大桥赋七	125
126	香港青马大桥赋一	126
127	香港青马大桥赋二	127
128	香港青马大桥赋三	128
129	杨泗港长江大桥赋一	129
130	杨泗港长江大桥赋二	130
131	杨泗港长江大桥赋三	131
132	杨泗港长江大桥赋四	132
133	杨泗港长江大桥赋五	133
134	杨泗港长江大桥赋六	134
135	湖南矮寨大桥赋一	135
136	湖南矮寨大桥赋二	136
137	湖南矮寨大桥赋三	137
138	七律·湖南矮寨大桥赋四	138
139	五峰山长江大桥赋一	139

140	五峰山长江大桥赋二	140
141	五峰山长江大桥赋三	141
142	五峰山长江大桥赋四	142
143	五峰山长江大桥赋五	143
144	厦门集美大桥赋一	144
145	厦门集美大桥赋二	145
146	厦门集美大桥赋三	146
147	厦门集美大桥赋四	147
148	寸滩长江大桥赋一	148
149	寸滩长江大桥赋二	149
150	寸滩长江大桥赋三	150
151	寸滩长江大桥赋四	151
152	寸滩长江大桥赋五	152
153	瑞安永宁大桥赋一	153
154	瑞安永宁大桥赋二	154
155	瑞安永宁大桥赋三	155
156	杭州湾跨海大桥赋一	156
157	杭州湾跨海大桥赋二	157
158	杭州湾跨海大桥赋三	158
159	杭州湾跨海大桥赋四	159
160	杭州湾跨海大桥赋五	160
161	七律·福州观音桥赋	161
162	南京大胜关长江大桥赋一	162
163	南京大胜关长江大桥赋二	163
164	南京大胜关长江大桥赋三	164
165	南京大胜关长江大桥赋四	165
166	南京大胜关长江大桥赋五	166
167	南京大胜关长江大桥赋六	167
168	重庆郭家沱长江大桥赋一	168

169	重庆郭家沱长江大桥赋二	169
170	重庆郭家沱长江大桥赋三	170
171	重庆郭家沱长江大桥赋四	171
172	重庆郭家沱长江大桥赋五	172
173	重庆郭家沱长江大桥赋六	173
174	重庆东水门长江大桥赋一	174
175	重庆东水门长江大桥赋二	175
176	重庆东水门长江大桥赋三	176

1

念奴娇·张靖皋长江大桥赋一

轩正言
2022.11.06

张靖皋桥建，起无锡常泰，沪苏通串，
　都市圈江经济带，区合域融经圈。
道路规划，长江桥伟，径二千三选，
　如成将是，第一环宇当冠！

控制道路工程，两桥双剑，中汊桥梁间，
　两座桥梁千米长，大跨索桥雄显。
滚滚长江，三角洲域，一体化发展，
　国家之略，世级桥长轩艳！

张靖皋长江大桥工程全长约29.8千米，其中跨江段全长约7.9千米，分别设置主跨2300米的南航道桥和主跨1208米的北航道桥，建成后将成为世界最大跨径桥梁，创下六项"世界之最"，实现六项"世界首创"。

过江通道中的控制性工程，包括主桥及中汊桥两座千米级以上的大跨径悬索桥，将成为长江经济带最具辨识度和影响力的人工建筑物！

桥梁诗咏

2

念奴娇·张靖皋长江大桥赋二

轩正言
2022.11.06

构思设计，长江洲三角，区城共畔，
发展上升国家策，战略桥梁且建。
最辨识度，人工建筑，雄起张靖皋赞，
道桥重要，美学标志且现。

三角文化同源，地缘相亲，象征精神见，
设计目标打造伟，三角城群当建。
示范之标，建筑文化，桥塔周洁显，
优丽雄伟，景风轩气将艳。

张皋跨江通道位于无锡常泰、沪苏通都市圈和沿江经济带的接合部位。长江大桥张皋主跨2300米，建成后将成为"世界第一跨度"大桥。

引桥部分以环境协调、线条流畅为桥梁风格，造型富有创意，突现地域性和文化性。

3

念奴娇·张靖皋长江大桥赋三

轩正言

2022.11.06

引桥部分，境周协调显，式条流线，
桥风梁格与主同，创意主题型见。
现长三角，一体化艳，国家原则看，
减觉干扰，主题创意体现。
地域性和文化，张靖皋桥跨，
主桥为焦点，引道连接桥为景，
中汉桥梁体现，文化同源。
原则当设，总体之局面，
手携共建，长三角一体赞。

张靖皋长江大桥的主塔造型是将两个三角形交叉叠加在一起，寓意"一桥连三地，促跨江融合"，体现长三角城市携手共进，高质量发展。横梁界面由6个曲面紧密连缀而成，象征长三角都市圈以上海为中心的一体化发展。

4

东坡引·杭甬桥梁景观一

轩正言
2022.11.07

浙江杭甬傲，桥梁景姿好，
提升设计革新耀，
美观时尚貌，且为标志导。

简洁有秩序，线明条浩，
景品质，文骚叫，
浪波海岸滔滔啸，
洋文共海貌，婀娜同齐妙。

  浙江宁波杭甬三期桥梁的景观设计以文化提升为重点，按照"时尚性、文化性、美观性、标志性"的总设计原则。
  方案以海洋文化为中心，提取、凝练海洋文化元素，构筑桥梁景观与海洋景观、城市风貌相协调、相呼应的建筑形式。

5

东坡引·杭甬桥梁景观二

轩正言
2022.11.07

海洋文化耀，中心提升道，
凝洋练海文化导，
构筑桥景妙，海洋娇景傲。

貌同此市调，相应协矫，
建亮漂，形丽好，
展独塔特墩人晓，
文化独特骚，风呼共浪啸。

景观设计通过采用简洁、有秩序感的线条提升大桥的景观、文化品位。
大桥营造富于"创新、活力、文化、时尚"特征的复合型滨海交通空间，打造以海洋文化为焦点的城市风景地标。

6

东坡引·杭甬桥梁景观三

轩正言

2022.11.07

创新活力耀,文化特独妙,
　　桥征复合其滨好,
畅通空间造,海洋文化傲。

聚焦景点地,躁洋波啸,
　　海涌叫,文明表,
　　宁波海定同缘道,
波宁洋定浩,宁平安静照。

　　浙江宁波杭甬三期桥梁的景观设计以文化提升为重点,按照"时尚性、文化性、美观性、标志性"的总设计原则。

　　波浪为海洋文化的代表元素之一。宁波的名称取自于"海定则波宁"。大桥以三条波纹逐渐变缓的线条形象,诠释了"宁静的波纹"。

7

东坡引·杭甬桥梁景观四

轩正言
2022.11.07

钻石桥塔耀,波形道纹妙,
其而下上层层照,
款凹凸式貌,面白方案好。

塔颜用色巧,配搭决窍,
海浪线,条纹俏,
线条彩色融相妙,
桥梁观景傲,形拔高耸啸。

　　钻石形桥塔,下部造型设两道"波纹"线条与上部线条形式呼应、协调。桥塔的线条设置圆润、流畅,整体造型表现出优雅的现代感。

永遇乐·青阳港桥赋一

轩正言

2022.11.08

巍伟昆山，青阳原地，未来城建，
商贸中央，昆山产业，造市升级现，
协调发展，青阳港地，江苏昆山新观，
水滨区，生活商贸，桥梁建成轩艳。

申张线长，青阳航段，干线功能其显，
充分发挥，主桥选用，五跨分开显，
钢桁架式，梁宽桥赞，长路丽梁惊叹，
且思构，金浦紧靠，周雄筑憾。

昆山青阳港地区，是昆山未来城市中心区，开发区的中央商贸区。桥梁主桥采用五跨敞开式钢桁架梁桥，桥宽35米。

9

永遇乐·青阳港桥赋二

轩正言

2022.11.08

方案标明，且须打造，地域文艳，
相互结合，桥文梁表，航道青阳段，
现升级别，将革为契，项目工程惊憾，
两河岸，新轴线看，美城丽山提段。

昆山名片，桥梁方选，飘飒舞如神漫，
水袖昆曲，精形神合，动静相融现，
艺术其魅，桥梁文化，立面线形创见，
作其设，新思中显，创先可现。

随着昆山的产业升级和城市发展，青阳港地区成为昆山新型滨水休闲生活商贸区。

10

永遇乐·青阳港桥赋三

轩正言
2022.11.08

钢拱肋桥，此伏彼起，动感流泛，
水袖长空，时中漫卷，飞舞昆山畔，
昆曲文化，艺术魅力，钢构表丽观见，
式桁架，结实组合，曲形动感优显。

虚实相间，杆件组合，节奏明欢结憾，
设计突出，夜颜风景，条线灯勾现，
拱肋曲线，更显圆润，流畅流光当叹，
古文化，现时科技，合融正艳。

江苏昆山青阳港桥建成后，申张线青阳港航段干线航道的功能得到了充分发挥。

洞仙歌·江阴临江路桥赋一

轩正言

2022.11.09

临江道路，跨桥锡澄耀，
适目丽梁美轩貌，
越江河，傲据其市新区，
南下处，锡澄运河晓早。

畅接滨要道，双岸多娇，
新市宽广道途照，网善域平途，
路畅交流，通途显，靓区当傲，路长漫，
贤郎任艰辛，大建现，分三跨桥梁造。

临江路桥是跨锡澄运河的桥梁工程之一，位于江阴市滨江公园与锡澄运河公园的交汇处，也是连接滨江地区锡澄运河两岸重要的城市道路，对于完善区域路网体系，加快滨江新区建设，均具有重要意义。

大桥为三跨变高度连续钢桁架桥，外观新颖独特，计算跨径布置为（40+75+40）米。

12

洞仙歌·江阴临江路桥赋二

轩正言

2022.11.09

雄桥伟筑，设时欧洲鉴，
复古欧格风调显，
此风格，现代结构更洁，
方案选，长空腾飞耀显。

意疑仙起舞，轩越钢桁，
空亮雄鹰翅舒展，共待中华崛，
叱咤风云，江阴市，滨区新建，当奋斗，
待得未来发，桥建造，形丽简洁时显。

　　临江路桥富有韵律与动感，展现出结构的时尚美与科技美，其造型特质与城市周边的水体、湿地公园等地物环境相协调、切合。

13

洞仙歌·江阴临江路桥赋三

轩正言
2022.11.09

桥梁雄起,仿欧钢桁现,
栉比鳞如腹杆见,
线曲型,伏起低杆高弦,
上下应,姿有婀娜可艳。

韵律其动感,结构钢桁,
金色飞鹰欲空练,展翅万里程,
重要桥梁,结桁架,线形古典,曲线美,
韵律可时闻,现代奏,欣心悦睛当显。

　　临江路桥形态如展翼雄鹰傲霄凌云,彰显江阴市发展的张力和包容度,昭示城市必将越来的腾飞与蝶变。

14

八声甘州·如皋长江大桥一

轩正言

2022.11.10

赞如皋境内建桥梁,
长江大桥彪,此连长青沙,
过江路道,苏北其郊,重要交通廊道,
当建众能桥,方定认真审,为景观桥。

仙鹤形双塔建,选用单索面,
预应梁桥,系斜拉桥案,体系半浮漂,
引桥看,预应砼构,长梁连,横跨北南桥,
如皋景,气魂雄伟,靓丽多娇。

如皋长江大桥位于如皋港港口连接线(一级公路)上,桥梁南起环岛东路,经东风滩横跨长青沙北汊,南接沿江公路交叉。

八声甘州·如皋长江大桥二

轩正言
2022.11.10

当桥梁设计构思方,
如皋位要郊,长江黄海汇,
毗邻上海,国际都焦,靠苏州张家港,
相望对江瞧,三角洲约现,邑史长骄。

千百年人群众,望念其桥筑,
魅力独骚,滚江长绿岸,统计寿人骚,
冠如皋,众多长寿,此脉独,桥塔鹤形妖,
天尊物,松龄鹤寿,佳话长昭。

自古以来,"鹤"就是长寿的象征。桥梁将仙鹤作为斜拉桥主塔的基本造型,擦亮了如皋"长寿之乡"的文化底色。

16

八声甘州·如皋长江大桥三

轩正言
2022.11.10

望长青沙伟硕桥梁,
气势磅礴彪,主桥仙鹤塔,
形轩高挑,神现多娇,见自然与文化,
更待和谐邀,如美丽仙鹤,翩幕高飘。

造态款姿燃见,自然环境显,
协调呼摇,塔用雕塑法,结构第一标,
入文化,形神意象,塔式独,结构线条妖,
优流畅,意含精蕴,念藏恒骄。

> 圆润的轮廓线条使结构形态生动、鲜活,改变了大体积混凝土刻板生硬的形象,让桥梁形成向上展翅欲飞的动感和气势。

17

彩凤飞·环境协调设计理念一

轩正言

2022.11.11

桥尺展，梁佳作，可筑空间景，
立原则，环境旁周呼应，
构轩雄，整体具，此意含多，
风观显，境地共桥融镜。

吾关敬，众景丽桥元素，
桥梁为一景，境地融，
梁景周边齐挺，使桥梁，与境动，
结合形映，其格式塔见，景境和应。

桥梁作为一种大尺度的空间构筑物立足于环境之中，并与环境构成具有整体意义的景观。桥与周边的环境不可避免地存在相互作用和影响，因此景观桥梁设计不仅要关注桥梁本身的景观要素设计，还要着眼于桥梁与周边环境的关系，让桥与环境互动、结合形成一个完整的格式塔。

所谓"格式塔"是阿恩海姆格式塔审美心理学理论的概念，用在这里是为了强调环境景观的整体性和有机性，体现完整意义上的视觉平衡和心理平衡。

桥梁诗咏

18

彩凤飞·环境协调设计理念二

轩正言

2022.11.11

桥风景，梁环境，景观协调应，
设桥梁，其众景共环境，
整体看，景桥观，构建桥梁，
人文共，境地景观协映。

者且醒，可鉴其前思论，
精通文化兴，意蕴含，
生态之观当映，塑文化，特色见，
环境相应，情观美态和，意蕴美顶。

从城市公园、街旁绿地和特色风景名胜区等城市景观中可以发现人们对所处生活环境中美的需求也在不断提升，相应地，景观环境内的景观桥梁数量也大幅攀升。在这种社会背景下，实现桥梁在环境中的景观价值就显得尤为重要。

桥梁与自然环境景观的协调设计则可以借鉴自然山川形势与自然万物姿彩。在与环境"和鸣"的设计理念中，突出"和"的理念。这里的"和"可以是"和谐"，也可以是"和而不同"。"和谐"强调桥梁与环境的共性，"和而不同"强调桥梁与环境在共性基础之上的个性。

19

彩凤飞·环境协调设计理念三

轩正言

2022.11.11

须个性，桥梁造，设计结合境，
地为背，格调技术出镜，
视觉惊，表形显，跨越桥闲，
轩结构，大跨度斜拉景。

和环境，往往凝核心聚，
且要桥梁应，个性突，
一定平衡此景，显桥形，态要素，
环境呼应，天然地域共，齐调同映。

在桥与环境的共性设计中往往以"融"的方式进行表达。"融"的设计思路是将桥梁与环境作为一个有机的统一体加以考虑。桥梁的总体设计需要充分汲取桥位区丰富的环境肌理和城市丰厚的文化特征，以此打造设计风格与环境协调、结构创意与地域相契合的桥梁作品。

无论是个性设计还是共性设计，都应以对环境条件的分析判断为前提。

20

彩凤飞·环境协调设计理念四

轩正言

2022.11.11

时间序,须关注,重现城文应,
夏春迁,析探建筑形景,
变时间,季迁转,昼夜不同,
环时异,过去现时来影。

不同镜,异同时空环境,
昏时秋风屏,效果观,
营造桥时空颖,意厘清,态与能,
观看独境,桥梁昼夜景,境地互映。

以桥梁沿线区域的人文环境、自然环境、建筑环境为背景,综合考虑桥梁空间与周边水域空间、绿地空间、山林空间等互通互融关系。以时间为轴线,分析建筑对历史时间的传承与延续,以及其在不同季节和昼夜不同时序下的景观效果,从而实现时间、空间、环境三元素在整体景观设计中的融合。

以往的景观桥梁设计可能更关注景观美学在景观桥形态上的体现,而对景观桥在不同景观环境中不同的美学价值重视不够,从而导致河岸、绿地、水域、桥景观与环境景观的割裂。

21

东风齐著力·马军巷人行桥一

轩正言
2022.11.12

其巷连桥，行军过马，位在湖州，
　　中心市域，马踏此东区，
攘攘熙熙众往，朝西望，贸易荣留，
　　中央位，商区府庙，街巷长流。

色瓦亮墙楼，时现尚，可闻众者欢愉，
　　华轩闹市，且要构思究，
往去衔接地畅。桥何系？建案方修，
　　思其造，风围水绕，拱建桥悠。

　　马军巷人行桥位于浙江省湖州市中心城区，东接马军巷小区（国家级金奖、鲁班奖小区），西连中央商务区府庙街区。马军巷小区具有传统的青瓦粉墙江南民居特色，毗邻的中央商务区则尽显现代闹市之繁华，桥梁处于两者的衔接地带。

　　该项目选择与水乡氛围相贴近的传统双曲拱桥方案。桥梁线条应简洁、流畅，使桥梁与周边城市环境更好融合，充分抓住江南水乡清丽婉约的特点，刻画出一幅"小桥、流水、人家"的美丽江南水乡。

22

东风齐著力·马军巷人行桥二

轩正言

2022.11.12

桥线梁条，形洁流畅，美壮桥妆，
周协调和，闹市华城旁，
更好贴合意满，桥梁艳，长驻南方，
乡清水，观其潋丽，流水且凉。

风景现其光，乡水画，为桥建造思刚，
线轩拱轴，畅水自欢江，
现代混凝土料，桥体见，更显轻装，
白颜色，风融景入，建筑轩藏。

方案的设计风格实现了传统与时尚的融合，很好地协调了城市中央商务街区与传统居民小区之间的建筑格调冲突。沿拱圈外侧悬挂绿植吊篮，让桥梁充满生机与活力，也让桥梁与河道绿荫夹岸的自然风光融为一体。

23

步蟾宫·江心洲景观三号桥一

轩正言

2022.11.13

南京桥景江洲观,

数叁号,江心桥建,

位公园,白鹭现其间,

要位置,地悠闲显。

处于其市西南段,

长江中,向南北展,

岛江看,惟美丽,叹长江,

此唯一,桥毗城憾。

南京江心洲景观桥三号桥桥位地处江心洲湿地公园南部。江心洲古称"白鹭洲",又称"梅子洲",位于南京市西南部长江中,呈南北走向的江中洲岛,是长江上唯一临近市中心的岛屿。

西段跨越湿地公园与环岛路西路相接,周边主要为原生态鱼塘和树林,环境清静自然。桥梁跨径布置为(38+66+38)米,全长147.16米,上部结构采用上承式预应力混凝土梁拱组合体系。

步蟾宫·江心洲景观三号桥二

轩正言

2022.11.13

梁观桥照景轩显,
更贴近,自然原现,
景丰生,叁号景观桥,
设且造,衷含桥建。

少量干扰周边畔,
地植被,自然态憾,
起江波,文景赞,浪长江,
近东水,英雄难见!

三号桥的设计初衷是要尽量减少桥梁对现状鱼地肌理及植被群落的干扰,打造以自然生态为主的区域,江波是长江文化中具有代表性的文化意象。滚滚长江东逝水,浪花淘尽英雄……

从长江波涛起伏的形态中受到启发,采用"江波"为意象,利用计算机进行建筑艺术的琢磨与创作。

25

步蟾宫·江心洲景观三号桥三

轩正言

2022.11.13

桥梁梁拱造型现，
自然见，畅流波线，
起伏如，荡漾浪江波，
意富有，秀丽文显。

造型方案杰须赞，
意现代，理思念憾，
意流飘，深藏蕴，寓含丰，
建其岛，乘风发展。

桥梁梁拱造型采用自然流畅的波浪线，上下起伏犹如江波荡漾，极富长江文化中大气、秀丽的特色，方案造型写意出现代建筑结构流畅、飘逸的设计感，也寓意着江心洲的发展乘风破浪、勇往直前。

桥梁结构主体轮廓线采用优雅圆润的弧形曲线，富于节奏的起伏与变化，充满动感的水波线与桥梁所处的长江水域环境完美融合，优雅的外观设计给人留下丰富的想象空间。

桥梁诗咏

26

步蟾宫·江心洲景观三号桥四

轩正言
2022.11.13

桥梁结构主体赞,
廓线叹,款优圆显,
润弧形,曲线意含丰,
奏乐起,水波流感。

浪波标廓桥梁艳,
相融合,雅悠正演,
众人留,纷想象,空间形,
案雄造,型条丽观。

方案将造型的线条设计与功能设计融为一体,通过巧妙的布局,让桥上空间与桥下空间有机结合,形成从地面到空中的慢行立体观景空间,让行人与周边景观环境进行深层次互动。

桥梁与环境的协调不仅体现在形态上,更强调空间功能和交通功能在环境中的自然融入。

蝶恋花·东大过街天桥之一

轩正言

2022.11.13

桥位太平之北路，
人过天桥，靠四牌楼驻，
跨越太平途不阻，
东西区校相连互。

两个校区方便触，
群众师生，经过天桥赴，
桥系以张拉式布，
枪杆拉索桥轩舞。

南京市太平北路过街天桥位于南京市四牌楼的文昌桥附近，跨越太平北路，是连接东南大学东西两个校区、方便师生和周围市民过街的重要通道。

桥梁结构轻巧，富有现代感，桥梁主跨37.8米，桥面总宽5米。桥梁于2017年3月建成并投入使用，现已成为四牌楼区域一个新的城市景观。

蝶恋花·东大过街天桥之二

轩正言

2022.11.13

特色鲜明观景路，
绿树成荫，大厦周边矗，
文化氛围浓长驻，
南京游众楼轩筑。

景观水杉燃眼目，
通道方便，客众过街促，
方便两侧行往赴，
且观五彩缤纷富。

从景观效果出发，有两大方面需要重点考虑：一是在结构上桥梁应尽量轻巧，减小桥梁对城市空间造成的压抑感；二是在建筑表现形态上要与太平北路道路景观环境相协调呼应。

29

蝶恋花·东大过街天桥之三

轩正言

2022.11.13

为使桥梁形态富，
环境协调，索塔巍巍驻，
道路两侧杉树路，
造型设计桥梁矗。

桥笔梁直多塔柱，
与太平呼，大道青杉绿，
途路挺直荫蔽木，
轻盈结构融合诉。

　　为使桥梁形态与桥位环境尽可能协调、契合，桥梁索塔造型以道路两侧的水杉树树冠造型为蓝本进行设计。桥梁笔直的多塔柱与太平北路的水杉大道挺直的林木相协调，凸显结构的轻盈，提升了周边环境的品质。

　　新颖的结构体系、设计感强烈的外部形态也体现了东南大学土木、建筑、交通等学科融合发展的特色。

 桥梁诗咏

30

芳草渡·苏州中心人行桥之一

轩正言
2022.11.14

苏州市，中心郊，桥梁建，
置关要，苏州发展速度彪，
新域崭，场广旷，示轩翘。

人来返，南北衍，
意藏神燃可显，
形条艳，式妖骄，
砼浇叹，独特款，异形桥。

苏州中心人行桥项目位于苏州工业园区湖西CBD核心区域，东侧紧邻国家5A级金星港街，连接苏州中心广场，是苏州中心景观工程及其配套工程的重要组成部分。人行桥分为北桥和南桥，北桥主桥跨径布置约为（51+25+30）米，南桥主桥跨径布置约为（59+40+24）米。

桥梁形式新颖美观，能够很好地与周边环境和文化背景融合。桥梁已于2018年3月建成并投入使用，建成后的桥梁形成了一道靓丽风景线，让当地居民的生活更加多彩。

31

芳草渡·苏州中心人行桥之二

轩正言

2022.11.14

苏州丽，位关要，营工业，
准高标，且集商业办公包，
公寓建，多业态，立新标。

独传显，新市现，
综合体能众见，
包容赞，共融娇，
桥轩憾，风景叹，自然骄。

苏州中心人行桥项目位于苏州工业园区CBD核心区，是集商业、办公、公寓、酒店等多种业态为一体的苏州新地标。有别于传统城市综合体，苏州中心是兼具"包容性"与"生命力"的城市共生体，目标是打造一个人、自然、建筑与城市多元共融、和谐共生的有机体。

两座地景人行桥将东侧金鸡湖以香樟园、城市广场、湖滨新天地为核心的金鸡湖景区与西侧苏州中心商业连成一个有机的整体，在设计上突出"创新、多元、活力、生态、文化、包容、共生"理念，令桥梁与苏州中心城市环境深度融合。

# 桥梁诗咏

32

芳草渡·苏州中心人行桥之三

轩正言
2022.11.14

桥体硕,树生妖,吾心念,
有机雕,桥梁空间众能瞧,
森作顶,林为盖,理多娇。

天圆倩,基础建,
空中花园伟显,
筑生态,境融彪,
形轩现,极别款,地天骄。

桥体以大树生长为概念打造有机的雕塑感,桥上空间设计以"森林顶棚"为概念,在满足通行的基础上植入空中花园,使建筑和生态环境形成一个极具生命力的城市共生体。

桥体上设置异形镂空天井,其上设钢结构顶棚。桥梁观景平台中部设置椭圆形天井,让桥梁的形态更具有自然、生态特色。方案恰如其分地演绎了桥梁景观与环境的互动、共生。

33

遍地锦·龙游河十字拱桥一

轩正言

2022.11.16

拱式桥梁现叉路,
状十形,硕桥神露,
似龙游,宝塔河流,
汇合处,生观正诉。

叹其梁,众赞轩燃,
饰装雄,构结当悟,
拱式桥,交艳通连,
观风路,及福寿路。

如皋龙游河十字拱桥位于龙游河及宝塔河汇合处,是龙游河宝塔河生态景观带的组成部分,桥型采用十字交叉的装饰拱桥,桥梁主体结构为16~36米的梁式结构。

桥梁连接福寿路、观风路,被当地称为十字桥。桥梁于2019年6月1日建成并投入使用。

遍地锦·龙游河十字拱桥二

轩正言

2022.11.16

宝塔龙游两河路,
显风光,带轩桥矗,
憾工程,吾赞如皋,
正创建,河清水路。

岸生观,美景丽然,
绿空间,市格局布,
水韵灵,城闹人福,
自契合,桥神显露。

桥梁项目是龙游河宝塔河生态景观带的控制性工程。如皋市正创建"河畅、水清、岸美、景绿"的城市生态空间格局和打造水韵灵性的幸福城市。

桥梁形态宜与龙游河、宝塔河生态水展相契合,同时要能与"两河交汇"的特殊水域景观环境相协调。

35

遍地锦·龙游河十字拱桥三

轩正言

2022.11.16

总体桥局见独布,
颖新桥,现十交路,
建桥梁,道汇河交,
带景观,融合美露。

法直描,勾勒河轩,
起伏形,水融桥处,
饰造型,接地连天,
五圣兽,连绵起舞。

桥梁总体布局采用独特新颖的十字交叉结构,实现了桥梁结构和河道交汇环境景观的完美融合。方案以直描法勾勒河面水浪起伏的造型,并将其融于桥梁装饰造型设计之中。

桥梁栏杆纹饰则选用中国传统文化中具有祛邪、避灾、祈福等寓意的"五圣兽"图案,非常接地气,体现了市民向往平安幸福的朴素愿望。

彩凤飞·通吕运河桥一

轩正言

2022.11.17

通吕运,连通市,域在崇川俏,
港闸轩,枢纽道河长耀,
外通江,内穿市,位置核心,
经核圈,谓是内河冠要。

主河道,被称为南通第,闲居一河哮。
建百吉,桥状呈曲字道,跨新江,与吕运,
且竖石跳,三航道横架,气势磅啸。

通吕运河是连接南通主城区域所在的崇川区和港闸区的枢纽河道,它外通长江,紧贴城市核心经济圈,是内河运输的主要河道,被称为南通"第一运河"。拟建百吉桥呈C字形上销通吕运河、竖石河和新江海河三条航道,其中竖石河、新江海河通航等级为四级,通航净空为(55×7)米,通吕运河通航等级为三级,通航净空为(60×7)米。

跨通吕运河桥方案采用主跨120米等截面桁架斜拉桥。新江海河桥方案采用主跨80米的变截面桁架连续梁拱组合结构。跨竖石河桥方案采用主跨66米变截面桁架连续梁。

37

彩凤飞·通吕运河桥二

轩正言

2022.11.17

通吕运，河生态，打造经圈耀，
主题明，体育休闲轩浩，
自然生，景观绿，设计风格，
扎根要，特色市独城啸。

富民笑，建设南通文化，民俗文化道，
建筑文，其水文化叹晓，见桥梁，且耀显，
文化为要，环独境特色，紧密合照。

按照通吕运河生态圈着力打造以"体育、休闲养生、生态"为服务主题的绿色景观通都要求，桥梁设计风格要扎根于南通城市特色文化，让南通丰富的民俗文化、建筑文化、水文化、桥梁建筑艺术与当地文化特色、生态环境紧密结合，营造两河区域生态湿地公园片区内最大、最具特色的焦点景观。

营造两河区域生态湿地公园片区内最大、最具特色的自然景观。在环境协调上要抓住桥梁位于新江海河与通吕运河交汇处的特点，设计基于当地纺织文化、水乡文化和生态文化。

38

彩凤飞·通吕运河桥三

轩正言

2022.11.17

生态带，观湿地，看景公园傲，
路曲回，其理念吾须道，
亮轩然，景区似，同细胞如，
桥为中，比似细胞核妙。

此桥俏，景观区核心占，桥梁平形貌，
椭状形，园现凌波栈道，自然形，见各态，
垂钓区照，昆虫观赏域，塔艺展翅。

整个生态湿地公园的景观结构按细胞结构模型理念进行布局。湿地景观是细胞质，中心景观桥是细胞核，也是整个景观区的核心部分，桥梁平面呈C字形。这条优美的C曲线将盟地公园凌波栈道湿地区、生态湿地垂钓区、微观昆虫观赏区及灯塔艺术展示区4个区域有效连接，使桥梁平面造型及功能布局与湿地公园景观结构完美契合。

公园的4个主题景观区的有效连通，每个景观区均采用坡道，将桥梁置于青草绿木之间，如悬空漂浮的玉带，营造出小道曲回、绿树掩映的湿地生态风貌。

39

念奴娇·昆山青淞路天桥赋一

轩正言

2022.11.19 杭州

青淞路上，有人行桥建，为昆山叹，
其路北新城已置，南地片片连建，
接长江途，东西两侧，行者非机见，
过街要道，此其区域要显。

建设配套成熟，产形以制，造业城融现，
连续钢箱梁跨设，布置桥宽丽赞，
上设遮棚，顶棚结构，结构钢材建，
柱梁钢框，此钢结构体艳。

青淞路人行天桥位于昆山市长江路青淞路路口以北，新城域小区长江路出口以南，是连接长江路东西两侧行人、非机动车过街的重要通道。项目区域周边小区配套成熟，产业以制造业为主，已初步形成产城融合的综合发展区。

桥梁采用三跨连续钢箱梁，跨径布置为（17.25+33.75+10.25）米，桥宽4米。桥上设顶棚，顶棚主结构采用钢结构的梁柱钢框架体系。

念奴娇·昆山青淞路天桥赋二

轩正言

2022.11.19 杭州

周边城闹，产城融合显，特色桥憾，
设计风格须采选，明快简洁风观，
使用功能，应多充分，用者过桥验，
其梁吸引，已为居者叹赞。

创业游旅居宜，多功能见，城具之家看，
梯道行人且上下，桥侧短梯双建，
且置长梯，其无障碍，可现桥之艳，
以人为本，乃昆山市神显。

考虑到周边的城市环境是以产城融合为特色，桥梁的设计风格宜采用简洁、明快的现代时尚风。使用功能上应充分考虑使用者的过桥体验，提高桥梁的吸引力，让桥梁真正成为居民不可或缺的必需品，形成宜居、宜业、宜游的多功能城市"家具"。

天桥的梯道除设置了供行人上下桥的短梯道，两侧还设置了供无障碍推行的长梯道，体现结构设计的人本精神。

41

念奴娇·昆山青淞路天桥赋三

轩正言

2022.11.19 杭州

天桥设计，范围全覆盖，圆弧形显，
设计充分全考虑，挡雨遮阳功叹，
舒适安全，慢行空间，梯道桥梁建，
顶棚结构，整为一体轩憾。

承担荷载共同，纵横竖向，受力结能见，
抗震和轻型化等，可得顶棚结艳，
风景且观，多能一举，桥顶梁棚赞，
浪波弧横，韵和节奏长感。

青淞路人行天桥设计采用全范围覆盖圆弧形顶棚的设计，充分考虑了为行人遮阳挡雨的功能，营造安全、舒适的慢行空间环境。主桥、梯道及顶棚的钢结构连为一个整体，共同承受各种纵向、横向及竖向作用，有利于结构的抗震和轻型化，同时保证了顶棚结构景观上的连续性，可谓一举多得。

桥梁的顶棚设计尤其具有特色。顶棚的纵梁在立面上为波浪形，横梁为弧形，屋面板采用浅灰色铝合金。结构的形式组合和色彩搭配使造型富于节奏和韵律感，与道路景观和城居环境氛围也非常贴合。

桥梁诗咏

42

景观桥梁设计创新赋

轩正言

2022.11.23

延陵季子列国游，

在鲁观得礼乐游。

形式不同内容异，

悟得且异感同犹？

桥梁景意多种表，

当现创新语境求。

艺术交通设施具，

多能众景永长留。

春秋时期延陵季子游列国，于鲁国观礼乐，观《周南》《召南》则曰："美哉！始基之矣"；观《王》则曰："美哉！思而不惧"；观《郑》则曰："美哉！其细已甚，民弗堪也"；观《唐》则曰："思深哉！"。《左传》中的记载为我们生动再现了季子对于不同形式、不同内容的礼乐舞蹈所产生的不同体验。

桥梁为服务大众的公共设施，既是能愉悦精神的艺术品又是能服务用户的交通设施，作为"体验"的客体，它具有二重性。

43

并蒂芙蓉·听海桂湾河桥赋一

轩正言
2022.11.24

半岛西侧，地处区域重，
珠江东带，经济且繁荣，拓沿海功能，
于十字交汇处，美丽婀娜正听海，
桂湾跨甩，叹轩然，当赞桥轩梁慨。

三维空间曲面，预加应力异，
砼箱梁盖，跨径布三分，自然共人在。
强调以人为本，可见和谐之生态，
主题为海，众功能，艳桥纷彩。

本项目桥梁位于听海大道与桂湾河水廊道的交叉节点，上跨桂湾河是桂湾河上的第二座桥。桥梁主体结构采用三维空间曲面异形预应力混凝土箱梁，梁体的截面沿桥梁纵向在高度、宽度以及底缘线曲率均按照非线性变化，主桥的跨径布置为（50+80+50）米。

桥梁诗咏

44

并蒂芙蓉·听海桂湾河桥赋二

轩正言
2022.11.24

浪起波伏，意象为切点，
勾勒曲态，轮廓视觉良，海洋正澎湃，
桥梁艺术效果，曲线形鱼腹梁盖，
主桥气慨，钢箱梁，海浪轩然波骇。

桥梁空间上下，叹人行道艳，
间植林带，绿化树穿出，树中有桥在，
殊观景风效果，此案方佳桥梁帅，
景燃当爱，组合融，妙奇观帅。

桥梁以"海之浪"意象为切入点，采用海上波浪起伏的曲线勾勒桥梁整体轮廓，营造结构良好的视觉体验。方案通过平面和立面变化，塑造如海洋世界般的艺术效果。流线型曲线鱼腹梁为主桥、变截面曲面钢箱梁为人行桥，两者结合形成高低起伏的梁底曲面如同海浪此起彼伏。

通过分离出的人行道形成一个变宽、下沉式的行人活动空间，并根据地形地势接入不同的景观区域，行人能够更多地亲近环境、融入环境，体验林间漫步的感觉。

45

垂杨·梦海桂湾河桥赋一

轩正言

2022.11.25

观桥看岛，振海区域角，水廊交抱，
腹地中心，且连接桂湾区道，
与湾区重要桥道，混凝土，变宽度貌，
式箱梁，鱼腹续连，现代风浓浩。

流线形曲面造，款如浮水舟，
形体约巧，色特独风，休闲区两滩轩照，
休闲娱乐游乐角，布局上，桥梁构妙，
主题轩，调性风悠，桥艳耀。

梦海桂湾河桥是前海深港合作区水廊道上的一座景观桥，它位于振海路与桂庙河水廊道的交叉节点。前海的中心腹地，是连接桂湾片区和铲湾片区的重要纽带。

桥梁采用预应力混凝土变截面鱼腹式连续箱梁，跨径布置为（50+80+60）米。外形采用现代元素浓厚的流线型三维曲面，造型如浮水之舟，其形体简约流畅，风格独特。

桥梁诗咏

46

垂杨·梦海桂湾河桥赋二

轩正言
2022.11.25

桥墩下建,设计亲水间,游人闲散,
婳水濯足,当桥梁自然共叹,
腹源深海鱼形见,式流线,外形独观,
海洋题,生态其轩,营造桥梁艳。

绿岛种植树冠,阔叶林木妖,
道开途显,境态天然,挡阳屏障桥梁展,
空间打造城景看,市民憩,场广空憾,
树棕棕,绿地葱葱,风景赞。

　　桥墩下部周边设置亲水池,游人可休闲散心,充分展现桥梁"水性、人本"的设计特点。桥梁建筑造型源于海鱼鱼腹的流线外形,深化海洋与水的主题。
　　桥梁空间重视生态环境的营造,桥面设置绿岛,种植树冠较大的阔叶林木,为敞开的人行道设置天然的遮阳屏障,将桥上空间打造成一个可供市民休憩的广场。

47

垂杨·梦海桂湾河桥赋三

轩正言
2022.11.25

桥梁设显,海鱼模拟戏,构轩结艳,
藏海文明,此桥流畅曲形线,
景观体验多丰现,感其风,景休闲见,
造桥梁,生态文化,璀璨迷人显。

层众观多夜看,美轮美奂风,
令人流恋,忘返居民,丽光星点繁其瀚,
夜空景象齐共叹,赞夜空,交相映憾,
观其桥,绿地相通,桥水艳。

通过对海鱼的仿生模拟,让结构融入海洋文化元素,流畅、简洁的曲面线形,使桥域内的观景体验更加丰富、多元。新奇的体验感,通过引绿化、水景、休闲设施上桥,打造桥上公园,使桥梁兼具生态、文化、休闲等功能。

桥梁层次丰富的夜景体验设计美轮美奂,令人流连忘返。居民利用灯光营造出繁星点点的浩瀚夜空景象,与真实的夜空交相辉映。

芭蕉雨·深圳前海人行桥赋一

轩正言
2022.11.26

意起轻舟画显，主题结构现，
桥梁建，市闹攘熙交叹，
众赞理念鲜崭，新活力展。

跨公园设计艳，
人汇此桥看，时尚脉络一，
多维见，场所动静虚实，
空间变化元元，其桥景翰。

前海合作区公共空间的4座景观人行天桥均位于桂湾片区，其中G9跨街公园横跨已建成的滨海大道，G10桥梁横跨滨海大道及下穿隧道，落点南侧与桂湾河公园道路衔接，T5过街天桥横跨已建成的梦海大道，T6过街人行天桥横跨已建成的滨海大道隧道U形槽入口段，是经由滨海大道进入前海的门户性天桥。G9采用主跨36.5米的折线钢箱梁桥，G10采用主跨51.5米的拱型桁架梁组合结构，T5采用两跨带悬臂连续钢箱梁桥、最大跨41米，T6采用主跨67米的双层钢桁架桥。

G9方案以"轻舟起航"为理念，G9桥的跨街公园设计使其成为汇聚城市人群的脉络、促进城市多元交往的新活力场所。桥梁虚实、动静的表现特征和空间变化效果，让人获得丰富的观景体验。从不同方位和角度进行桥梁景观照明设计，将亮化技术与建筑艺术有机结合，拓展桥梁的景观表现。

芭蕉雨·深圳前海人行桥赋二

轩正言

2022.11.26

此案形蕉叶态,造桥生态念,
模糊态,且叹磅礴澎湃,
众者共赞云云,边明界转。

显得舒适五彩,
桥透体轩帅,桥径大跨度,
功多能,构景观,自然融,
桥设计有机联,桥丽气迈。

G10方案模拟"蕉叶"形态,打造生态桥梁理念,模糊自然与人工的边界,营造舒适的都市透气区。G10桥将大跨度结构与桥上景观进行融合设计,有机联系办公区、公交站与公园,营造生态绿色透气的通行体验。

桥梁主体形态呈弧线,与周边建筑的造型风格相呼应。桥上空间将立体绿化、遮阳座椅、桥面种植等生态元素进行整合,实现从公交首末站平台屋顶花园、桥上公园,直到农水公园的连贯生态体验。通过桥墩、梁底、桁架结构线条等的亮化体现桥梁大跨度的结构美。

桥梁诗咏

50

芭蕉雨·深圳前海人行桥赋三

轩正言
2022.11.26

展示信息现代，显得前海尚，
生鲜代，设计案结合盖，
特色技术时衔，金融业态。

强精工智造拽，
当重细节在，工艺品质强，
功能，适性现，自然成，
前海现代信息，高科至帅。

T5方案注重时尚科技理念，展示信息时代的前海精致生活。T5桥设计结合周边互联网金融行业特点，强化精工智造，注重细节与工艺品质，强调功能上的舒适性，使之成为前海信息时代高效与精致生活的展示平台。

桥内部空间设计风格现代商业，营造出科技化、未来化的空间体验，体现桥梁与城市的和谐共生。内外部空间采用遮阳百叶进行分隔，形成半透明空间界面。桥内空间设置绿化、休闲等设施。

51

芭蕉雨·深圳前海人行桥赋四

轩正言

2022.11.26

起动云潮念记,以人为本构,
桥形屹,造态自然观丽,
共赞齐叹桥梁,居民乐逸。

道桥融入众技,
人性化廊异,桥艳位重要,
规划计,绿道上,串联轩,
滨海大道休闲,便捷道辟。

T6方案采用"云动潮起"的设计理念,以人为本,构建自然景观与居民生活的人性化联系廊道。T6桥位于规划的空中绿廊之上,是串联滨海大道、休闲绿地与住宅区、学校等的便捷通道,也是由滨海大道进入前海片区的第一座天桥。桥梁致力于打造自然景观与居民生活的人性化联系廊道。

桥梁立面分为上下两层,上下层曲线线条互为呼应,底层曲线微微拱起,整体呈现轻盈通透的姿态,桥体南端深入桂湾河公园,形成开放的观景台。上层桥面设置轻质绿植带,柔化丰富空间氛围,营造舒适人性化的通行体验。二层设置种植挑台,桥顶局部透空引入天光,实现空间在竖向上的流动与沟通,使桥梁的空间体验更加生动、多元。

桥梁诗咏

百宜娇·天府绿道人行桥赋一

轩正言
2022.11.27

绿道看丽，锦城当美，观得自然环境，
俊俏轩然，观独风异，特色成都呈兴，
山山水水，可记得，巍巍川挺，
见其桥，联串市乡，创新游憩闲净。

观历史，人文风景，名胜遍空间，
乐活廊径，化旅成华，百姓理念，
生态优先独净，门分类色，产业串，
便捷舒景，虑安全，绿色碳低，自为仙境。

四川成都天府绿道人行桥是锦城绿道项目南片区的重要组成部分。南片区位于绕城高速路（四环路）两侧，西起四环路接待寺立交桥（双楠大道），东至厦蓉高速狮子桥立交桥，含一级绿道64千米、二级绿道86千米。景观桥梁创作设计团队主要承担了跨成渝高速桥和跨锦江及红星南路桥两座景观绿道人行桥的设计。

节约为原则，着力构建安全、便捷、舒适、高品质的城市顺行交通系统。这是既能"弘扬城市文化"，又能"融合自然环境"的兼美设计效果。跨成渝高速桥结合项目周边环境特点及城市文脉特征，以市花芙蓉花为立意，打造了一座"花之桥"。

53

百宜娇·天府绿道人行桥赋二

轩正言

2022.11.27

跨锦江闲，越红星路，思蜀锦川竹案，
念构且成，用竹林带，锦带飞扬形憾，
桥形塑造，显硕伟，桥梁丽叹，
观竹林，丝锦带轩，众人生乐活艳。

融历史，吾文当传，与现代共轩，
念融梁案，使得其桥，备具逸硕，
天府婀娜共赞，多姿众叹，内化藏，
其桥蜷览，似芙蓉，创作好佳，看观花瓣。

观景平台三边的整体式护栏设计成羽翼状，在中央三角区设有精美的"空中绿地"。行人可以在桥上就近欣赏绿植美景，也可以远眺诗意平湖区的优美风光。

跨锦江及红星南路桥宛如一条锦带在绿色开散的空间中飞扬，蜿蜒旖旎，成为锦城绿道上独特亮丽的风景线。高低错落、节奏明快的多塔桅杆斜拉式设计，极富现代设计感，使桥梁成为区域辨识度极高的地标性建筑。

54

秋色横空·凤荷桥赋一

轩正言

2022.11.28

青瓦墙白，水乡翘角显，意念檐徊，
回廊现代隔窗见，桥梁曲线轩开，
其梁造，设计择，韵调尚，江南风雅裁，
古水乡辉相互，映照城台。

文化赞元素拽，造型创思艳，富素丰材，
风情共丽江南水，唯叹理念冠牌，
湖州念，建筑裁，设计憾，桥型新创怀，
现筑脊檐廊，条线鲜排。

湖州内环北线连接湖州北部片区，是北部区域对外沟通的重要通道，项目对于加强北部片区东西方向的沟通具有重要意义。凤荷桥是湖州内环北线最引人注目的景观节点，也是本项目的控制性工程。凤荷桥跨越龙溪港，跨径布置为（90+128）米。桥梁主桥采用单塔双索面双层钢桁梁斜拉桥，半漂浮体系。

桥梁断面按双幅布置，两幅桥间净距12.85米。上层桥面连接主线6个车道，下层桥面连接辅道6个车道，人非机动车道悬挑于下层桥面外侧。方案选用独塔双层钢桁梁斜拉桥方案。凤荷桥在整个项目中起到画龙点睛、提升工程景观品质的重要作用。

55

秋色横空·凤荷桥赋二

轩正言
2022.11.29

机动车穿，慢行人者众，错两层看，
桥长漫漫交通快，交通两分途沿，
相隔设，扰可删，慢系统，安全人当欢，
道路周边市闹，绿道相连。

空间合融自然，享拥其生态，质特方妍，
众能已现通达速，其设计自然观，
行人走，更适安，体验好，圆形棚顶间，
阵列透光轩，光影变渐。

　　桥梁机动车道、慢行车道采用双层、错层布置，将桥梁慢行系统和快速交通自然分离，减少了相互之间的干扰。桥梁通过慢行坡道与周边城市绿道相连，使桥梁空间开放、共享，体现了"快通达、慢生活"的设计理念，让行人得到更加舒适和安全的通过体验。

　　在慢行空间的创意中，顶棚采用圆形阵列的透光板，使桥梁空间中的光影变化更加趣味多彩。临河护墙则采用形态别致的水乡花窗形式，既丰富了桥梁的景观层次，提升了行人的观景体验，又充分展示了湖州古色古香的江南水乡人文魅力。

卜算子慢·南京胭脂扣人行桥一

轩正言
2022.11.30

桥局布置，空间特独，满目景风观视，
共自衔接，客者叹桥轩势，
畅交通，可见桥之尺，观景休，
功多能具，共体景异形秩。

观录桥形式，齐赞艳胭脂，众人行此，
水景之桥，让客者收多至，
富丰形，不同寻常知，感体验，
胭脂扣艳，叹人行桥饰。

胭脂扣人行桥独特的空间布局与结构相衔接，使桥梁空间集通行、观景、休息功能于一体，形成步移景异的观景空间。置身于胭脂扣人行桥的桥景、水景之中，游人会收获丰富多样、不同寻常的感官体验。

胭脂扣人行桥由两个同心环形桥错层组成，双环在南湾街一号桥跨中和河道东岸堤顶路相交处融汇，在河道跨中形成上下双层结构，"环环相扣"的桥型使得胭脂扣的抽象概念有了一个具象的表述，形成独特的景观地标标识。

57

卜算子慢·南京胭脂扣人行桥二

轩正言

2022.11.30

桥梁丽艳，河岸两侧，见入口双出建，
桥面双层，其上为交通面，
景平台，此下层行观，可活动，
桥梁空间，形充式变化显。

客者游玩看，趣味众丰多，自然结憾，
调风多元，现代尚时且赞，
满需求，环境丽观览，当齐叹，
观闲憩间，念桥梁轩罕。

桥梁在河岸两侧各有两个出入口。桥面分两层，上层为交通观景平台，下层为舒适活动空间。桥梁结构风格多元、时尚，既满足了功能需求，又美化了景观环境，为游人提供了极佳的观景游憩空间。

设计注重桥梁与沿河景观空间、慢行步道空间的衔接与整合，以行人在桥梁空间中的感受与体验作为关注焦点，采用多种设计策略提升桥梁的趣味性。

多丽·生态区人行桥赋一

轩正言
2022.12.02

桥梁越,过河水中无墩,运河滔,蜿蜒景艳,
贯穿盛泽观陈,盛泽悠,水门户见,此桥闲跨运河晨,
方案轩然,自然融共,景观风展现庄村,吾当赞,
其桥西侧,位要住宅存,公园现,东侧景带,河绿观云。

众人行,桥轩可见,贯田前荡河汾,与京杭,
运河叉口,绕行不便可不存,便利人行,
居民游自,交通设计构思魂,案设计,桥梁总构,
思当地其文,文化显,资源景观,与境共昆。

江苏苏州盛泽镇滨水生态区人行桥位于江南运河与苏州吴江区盛泽镇田前荡的交汇处。江南运河是京杭大运河的南段。航道等级三级,两岸之间河道最窄处宽95米。桥梁需一跨过河,水中不设墩。江南运河蜿蜒穿盛泽镇而过,使盛泽成为苏州的水上门户。

该方案注重桥梁与城市文化的融合,实现桥梁景观与城市环境景观的共融共生。功能上强调人的多元体验,实现桥梁空间与水域空间、河岸空间的自然衔接。方案通过桥梁的艺术化设计手法展现苏州盛泽运河风光带的独特魅力。

59

多丽·生态区人行桥赋二

轩正言
2022.12.03

其梁艳，见流线体型妖，构思阑，双飞拱肋，
似飞翼示桥骚，显其型，似梭织布，是同翻鳁动蝶娇，
桥式梁型，与盛泽织，应呼文化互融昭，自然态，
公园湿地，共境相合彪，桥风观，双层设计，层次多骄。

客悠悠，桥梁看展，色多丰彩当骚，景多维，
众舒适感，赞其结构线条雕，外透通无，
且无遮挡，游人观景耀辉瞧，者醉已，双层观景，
活动空间翘，行人众，休闲憩可，燃锦丽桥。

桥梁整体呈现流线型设计，两道拱肋犹如飞翼衔接运河两岸。桥梁建筑造型与盛泽丝织文化紧密呼应，也与自然、生态的湿地环境相契合。桥梁采用双层设计使桥梁的空间层次更加丰富。

下层桥面支撑体系像飘在空中的锦带，时尚感、文化感十分突出，凸显盛泽"丝绸古镇、纺织名城、时尚之都"的城市特色。同时可遮阳避雨，适应江南多雨的气候。

彩云归·东莞龙涌人行桥一

轩正言
2022.12.05

桥梁位域莞湾旁，近其滨，绿岛观沧，
当海滨风景观廊建，节点串，重要桥梁，
靠洋海，风光轩带，景观丽点藏，
美景观，风格独特，众技共光。

桥昂，休闲共合，艳桥梁，市闹城廊，
自然境中，人观燃景，可显新芒，
现代时，文化且见，现代之地标梁，
创新现，应四维新论建桥当。

东莞龙涌人行桥南邻交椅湾，西接滨海驿站，东连滨海公园绿岛，是将滨海景观廊打通的节点桥梁，更是滨海风光带上的重要景观节点，在景观风格的设计上宜突出"科技、生态、休闲"主题。结合桥梁在区域城市环境中的位置，其总体景观定位为"创新性、文化性、时代性和地标性"。

方案以"四维"创新理论为依据，构筑能体现湾区舒适与精致生活的富于艺术、现代、动感的建筑景观，为生态宜人、功能丰富的滨海观景走廊打造景观亮点。

61

彩云归·东莞龙涌人行桥二

轩正言
2022.12.05

桥梁构筑现轩骄，适舒然，至上鲜娇，
当富于艺术衔时代，其动感，建景筑桥，
且生态，适人能显，共与滨海骚，
景打造，走廊观亮，水眼波滔。

眸焦，希其案设，主题新，创意融交，
与滨共风，邻海环境，互契齐彪，
寓意含，东莞靠海，远眺双眼湾潮，
辉煌见，当志存高远吾风骚。

宋代诗人王观说"水是眼波横"。本方案是以眼眸为意象，凝练"湾区之眸"设计主题。方案创意既与滨海湾新区的滨海环境相契合，又寓意了东莞临海远眺，放眼大湾区，志存高远，再创新辉煌。

桥梁建筑造型以"眼眸"为设计意象，通过仿生设计和现代设计手法，来渲染桥位处时尚、活力的城市风情以及寥廓、大气的滨海湾海景。

彩云归·东莞龙涌人行桥三

轩正言
2022.12.05

桥梁建筑造型轩，眼眸形，意象缠绵，
当仿生设计迎时代，其手法，渲染桥观，
显时尚，攘熙活力，闹城情风繁，
廓大气，海滨湾景，气憾桥闲。

梁看，结条构线，立体合，念强空间，
线条组合，共碰齐撞，同叹氛轩，
且赞佳，冲击力感，步道生态斑斓，
悬挑外，应拱曲共动相呼然。

桥梁造型通过结构线条的平面与立体组合，营造强烈的空间感。通过结构曲线线条的组合与碰撞，使桥梁整体氛围更具有流动性和冲击力。

桥梁的外观造型借鉴了海湾曲折连绵的海岸线形态，同时融入都市文化氛围，从而产生出多元、新奇的感官体验。

63

蝶恋花·台州椒江二桥赋一

轩正言
2022.12.06

双塔斜拉桥可翰,
梁构轩然,设计钢箱建,
为半闭钢箱段焊,
钻石索塔斜拉显。

边跨设一墩屹站,
梁式扁平,流线形丽艳,
半闭钢箱梁断面,
主梁用肋加强见。

椒江二桥是我国浙江省台州市境内连接椒江区南岸与北岸的跨海通道,位于椒江入海口处。椒江大桥南起疏港大道,上跨椒江入海口,北至浙江台州S224省道。线路全长3702米,主桥长900米。桥面为双向六车道城市主干路。

主桥为双塔双索面斜拉桥,采用半封闭钢箱组合梁、钻石形索塔斜拉桥结构,边跨各设一个辅助墩。

64

蝶恋花·台州椒江二桥赋二

轩正言
2022.12.06

索塔钻石形且看,
塔柱且隔,以横梁分艳,
塔柱空心箱断面,
斜拉索固锚轩现。

预应力筋锚式见,
或钢锚梁,两种方形观,
上塔塔头均置间,
桥梁基础端承建。

主梁采用扁平流线形半封闭钢箱组合梁,底板采用 U 形加劲肋加劲。主梁与索塔间设置纵向限位阻尼约束装置,横向设置抗风支座传递荷载;与过渡墩及辅助墩之间设置纵向滑动支座,并限制横向相对运动。

索塔采用钻石形,塔柱采用空心箱形断面,斜拉索锚固采用钢锚梁和预应力钢筋两种方式,设置在塔头和上塔柱中。主塔基础采用钻孔灌注桩基础。

念奴娇·衢州市书院大桥赋一

轩正言
2022.12.07

桥梁建造，艳丽灵感现，久源悠见，
书院文化墩妙显，元素两书轩翰，
观若书如，翻开卷跃，过往行人看，
驻足观景，主楼梯中间撼。

游客上下行闲，品读观赏，历史悠长叹，
结构线条洁简显，远望此梁轩艳，
两本之书，不乏灵动，托起其言简，
衢州悠久，柯城书院形显。

2015年5月，衢州市市政工程管理处开展了"书院大桥概念性设计方案征集"，2017年12月，该桥建成通车。

书院大桥最终实施的方案是最经济的方案，但却令人耳目一新。书院大桥在满足通车需求的同时，完美地与桥位周围环境及衢州书院文化融合，成为书院路上经典而又别具一格的标志性建筑。

念奴娇·衢州市书院大桥赋二

轩正言
2022.12.07

依山傍水，此衢州秀外，慧华中现，华夏扇之文化显。
连续丽桥轩观，两跨连绵，空间异构，三角之形见。
吊杆扇布，硬柔并济共艳。

山水美丽田园，风光书院，景观人文赞，
山水衢州方案寓，斜拱形新独罕，
流畅觉然，挺山舒水，众感悠长叹，
慢城恬静，人文共合风观。

主桥长300米，引桥长395米。该方案主桥采用三跨V形钢构加挂孔结构体系，跨径布置为（75+150+75）米。中跨设置60米钢箱梁挂孔。V形钢构和主梁采用变高度预应力混凝土箱梁。V形钢构墩梁固结，抗弯刚度比较大，可以抵抗施工过程中较大的不平衡弯矩及运营时活载或者其他作用产生的弯矩。

以衢州的山水为方案的寓意，采用两跨不对称斜拱形成新颖独特的桥梁造型，给人自然流畅的视觉感受，有山的挺拔、明快，又不失水的舒缓，散发着恬静悠然的气息。自然景象与人文景观相互融合，使桥在景中，景由桥生，与衢州的地域文化相结合。

念奴娇·常州市西仓桥赋一

轩正言

2022.12.08

州繁市大,运河开始建,公元前现,文保重要单位是。
拟建桥梁轩叹,河道通航,观光为主,
分布工商见,常州城市,此文积淀众撼。

市闹史长文悠,地要经重,一体综合显,
河运千年共久丽,黛瓦粉墙常见,
流水微桥,商荣贸众,河运漕输赞,
运河兴起,民族工业初艳。

　　西仓桥是一座位于常州市内京杭古运河风貌保护区内的别具特色的一座桥梁。以独创的方式既在空间维度保持人行道从箱梁底板悬挑,隐去高大的桥梁梁体结构,又在时间维度延续历史文脉,书写新时代篇章。在现代城市和历史保护区之间架起了一座无形的桥梁。

　　常州市大运河始建于公元前495年,是国家重点文物保护单位之一。拟建桥梁处大运河以观光旅游为主,两岸分布有众多工业设施。大运河是常州城市最具文化积淀的历史元素,是集常州城市历史、文化、地理、经济等于一体的城市综合符号。

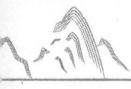

桥梁诗咏

68

念奴娇·常州市西仓桥赋二

轩正言

2022.12.08

桥轩案美，建筑元素赞，民居且见，
廊道山墙坡顶现，采用铝材当板，
镁锰合金，钢化玻顶。
风观实时现，桥梁轩撼，主桥墩侧景叹。

此设建筑单体，其廊内有，凳长便人倦，
美观休息廊道建，局部景观池涧。
行走于廊，微观增乐，立面栅格显，
使梁当丽，视觉通透桥艳。

西仓桥主桥为三跨变高度预应力混凝土连续梁桥，跨径组合为（26+30+26）米 =82米，梁高为1.4～2.2米，箱宽为19米，采用单箱四室直腹板断面，箱梁底板挑臂作为人行通道，通道标准宽2.5米，在桥墩建筑单体处加宽至3.5米。

本方案采用了传统的民居建筑元素，如坡屋顶、山墙、廊道等，选材上采用铝镁锰合金板和钢化玻璃作屋顶。本方案整体建筑风格古朴，与周围古建筑群落风格相协调。

69

秋色横空·葵坝路跨线桥一

轩正言

2022.12.11

其坝光娇,外山沿建见,景叹风骚。
桥闲跨越轩然显,核心市政当彪,
其节重,此点要。
覆盖广,资源生态妖,
富艳山峦境绕,被郁植袍。

丽秀海湾景邀,岸蜒风光艳,古树村郊。
古银叶落群分布,多丽海岸迢迢,原生态,且自骄。
吾赞罕,红林湿地萧,撼意自然生,桥艳素昭。

2018年8月,深圳市政工程葵坝路跨线桥景观方案设计中,参赛方案"山海银叶"为实施方案。2021年5月,召开环坝路跨线景观桥初步设计专家评审会,同年9月完成施工图设计。

深圳国际生物谷以坝光为核心启动区,地域范围覆盖东部沿海大鹏、盐田及坪山地区。生态资源丰富,山峦环绕、植被葱郁,海湾风光秀丽,岸线蜿蜒,古树和村落相映成趣、岸线分布有古银叶群落、红树林及生态湿地等重要生态要素。

70

秋色横空·葵坝路跨线桥二

轩正言
2022.12.11

桥拱空间，吊杆丽景显。
主拱且看，婀娜叶片形双曲，弯肋拱构形坚，
双肢面，外款燃，拱肋曲，通过横向联，
此构且连整体，肋共安全。

桥稳定双拱片，两肋高桥面，上处合然。
拱间共设多杆索，同间距吊杆悬，空间式，布置扇。
拱艳罕，钢箱形矩观，拱轴现光鲜，结构撼轩。

跨线桥位于环坝路中心桩号K3+851处，桥跨总长120米，桥梁总宽27.7米。桥梁方案采用斜跨双曲空间拱桥，桥跨总长120米，拱跨126.6米，拱肋矢高42米。拱肋矢跨比约为13.01，地面以上拱高42米，桥面以上拱高33.5m。

桥梁结构主要分为拱肋、吊杆、主梁、拱肋基础、桥台及桥面附属设施。主拱采用叶片形双曲拱肋结构，双肢面外曲线拱肋通过横向桁架连接成整体，保证了拱肋的受力安全和稳定，双片拱肋在桥面处合并。

大湾区滨海湾大桥赋一

轩正言
2022.12.12

桥梁造式结合见，
两者先天统一然。
优美造型生际俱，
艺术雅致美文间。
造型不是结构外，
结构艺术当为先。
装饰应为结构主，
独一无二艺术含。

粤港澳大湾区滨海湾大桥结构是整个方案的关键：一方面结构关系到桥梁的安全性、耐久性和实用性，是所有需求和诉求的基础和根本。另一方面桥型结构就是造型艺术，这是桥梁方案创作区别于建筑创作最重要的核心。

新区是粤港澳大湾区的重要组成部分，滨海景观长廊是新区门户"会客厅"。桥梁建筑艺术表达地方文化内涵是通过造型视觉艺术的抽象和隐喻、文化符号的提炼和应用等手法实现的。

桥梁诗咏

大湾区滨海湾大桥赋二

轩正言
2022.12.12

水袖空间尺度艳，
简洁大气意创丰。
桥梁建筑地标性，
满满独拥特色风。
彩练谁持当空舞？
岭南底蕴化山峰。
豪轩气概新区筑，
建设呈欢吾辈能。

连续的3根斜跨拱肋寓意"水袖"造型艺术，首创的横桥向3根首尾相连的拱肋结构，纵桥向水平延展150米，横桥向80米，两侧拱肋高度55米，中间拱肋高65米，和磨碟河约500米的水面宽度配合得当，又能在滨海大道、沙角板块和交椅湾板块城区之间充分展现。

空间扭转曲面吊杆布置，这种布索方式极大地减小了吊索力在拱平面外的分力，增加了拱肋的稳定性和吊索使用效率。

73

嘉松公路黄浦江大桥赋一

轩正言

2022.12.13

历史文化深底蕴，

得天独厚地要居。

生机勃勃发展势，

现代松江优秀区。

优势人文渐显现，

自然环境改修趋。

新城发展领跑者，

独具匠心桥建需。

嘉松公路越江新建工程北起金平路，南至松金公路，包检平路及松金公路交叉口，路线全长1825米。桥梁工程包括主线跨越黄浦江大桥1座。松江区历史文化悠久，有着"上海之根"的称呼。

周边古建筑有全国重点文物保护单位唐代陀罗尼经幢、宋代兴圣教寺塔（方塔）、佘山天文台、广富林遗址等。

桥梁诗咏

74

嘉松公路黄浦江大桥赋二

轩正言
2022.12.13

桥型丽美目新观,
塔柱横闲受力轩。
特色文化艺术显,
诗情画意隐思埋。
神工鬼斧仙人作,
万古千章继长篇。
现代桥梁语言富,
江南窗艳建筑燃。

松江需要一座具有地方文化特色的现代地标性城市桥梁。大桥北邻松南枢纽,东接松南郊野公园。

桥梁因结构而生,又不露声色地契合了江南民居窗格艺术和中国结的样式,自然地隐喻吉祥平安的美好祝福以及对地方的浓情厚谊。

嘉松公路黄浦江大桥赋三

轩正言
2022.12.13

窗花造构塔之间，
受力性能结构坚。
款美窗轩江风劲，
文丽结憾水滔欢。
窗含西岭千秋雪，
门靠东吴万里船。
无缝钢梁焊接合，
地标两塔艺术观。

江南窗花，建筑文化，桥塔结构，巧妙结合。地域主义，建筑美学，地标建筑，文化情怀。窗花造型，塔柱之间，横向受力，结构且强。款丽窗轩，江南风显，文化结构，巧妙共合。

窗含秋雪，西岭千秋，门泊船轩，东吴万里。天衣无缝，梁相焊合，地标桥塔，艺术型艳。大桥周边，环境空旷，桥塔巨大，艺术丰富。

衢州市霞飞路衢江大桥赋一

轩正言
2022.12.15

青山绿水生态境，
生态衢州山水城。
山脉三围合抱撼，
九江城中汇中成。
东南阙里人才众，
南孔佳名圣地称。
浩荡儒风长历史，
因山而兴水而盛。

衢州市霞飞路衢江大桥方案创作总体思路：融合青山绿水城市生态环境，展现南孔圣地历史名城人文气息，表达现代衢州城市生活精神风貌。

衢州是一座历史文化名城，有着6000多年的文明史，1800多年的建城史。历史上儒风浩荡、人才辈出，素有"东南阙里、南孔圣地"的美誉。

衢州市霞飞路衢江大桥赋二

轩正言
2022.12.15

以山为背水为境，
文化内涵长史骄。
现代丽城均罕美，
自然环境共协调。
衢州有礼塔形构，
独塔悬桥自式锚。
主跨径长闲跨丽，
三角锚跨构形妖。

衢州市霞飞路衢江大桥确定了"衢州有礼"双塔三跨自锚悬索桥方案，霞飞路衢江大桥工程于2021年8月开工建设。

索塔采用分离式弧形塔柱，两片塔柱间通过球体连接为一个整体。主跨主梁采用钢筋混凝土组合梁，分离式双箱布置，梁高2.8米，宽44.5米。边跨及锚跨主梁为预应力混凝土结构。

武汉天兴洲大桥赋

轩正言

2022.12.16

斜拉桥跨长江水,

武汉江兴洲丽雄。

上下二层桁架越,

上车下轨畅交通。

艰辛建设吾贤辈,

日月新天敢换拥。

仙女羔无惊世界,

华族崛起进行中。

天兴洲长江大桥是我国湖北省武汉市境内连接青山区与江岸区的过江通道,位于长江水道之上,为武汉三环线组成部分之一。天兴洲长江大桥南起青化立交,上跨长江,全桥长4657.1米,宽27米。桥面上层为双向六车道斜拉桥公铁两用桥。

武汉天兴洲长江大桥,将钢桁梁与斜拉索结合,创下四项世界第一,是目前世界上主跨最大、荷载最重的公铁两用斜拉桥之一。桥上可同时并行四线火车,也是世界首例。

七律·汕头海湾大桥赋一

轩正言

2022.12.28

南征北战苍桑感,
渴盼祈求久绽芒。
梦想穿过时寂寞,
雄狮耸起脊钢梁。
责无旁贷桥梁将,
义不容辞建设良。
现代悬桥飞渡架,
丰碑树起永长强。

汕头海湾大桥是我国广东省汕头市境内连接濠江区与龙湖区的跨海通道,位于礐石海之上,是沈海高速公路(国家高速G15)的重要组成部分之一,也是构成汕头市区东部的城市主干道路之一。

桥梁为当时同类型号悬索桥中世界第一。

 桥梁诗咏

80

七律·汕头海湾大桥赋二

轩正言
2022.12.29

品尝苦涩海风劲,
喜讯听闻心意翔。
一把江河风沙抹,
一时灿烂笑凝藏。
搬迁路险道难赶,
快速重装路力行。
风暴略施逢遇礼,
雨狂送众几情长。

中铁大桥局王吉侠建造大师是汕头海湾建设的中坚力量,也创作了《汕头海湾大桥之歌》。本桥为同类型号悬索桥中世界第一。

一步一颤,十步九坑。尘土飞扬,烟雨朦胧。夜空漆漆,长龙蠕动。诗以咏桥,歌以颂人。

81

七律·汕头海湾大桥赋三

轩正言

2022.12.30

十坑九步颠途路,
尘土飞扬烟雨茫。
夜空长龙人且众,
天当缎帐地为床。
战天斗地英雄好,
拌饭盐沙饭口香。
志信如盘坚毅石,
筋骨似钢硬长强。

汕头海湾大桥于1991年12月17日举行奠基仪式,于1992年3月28日动工兴建,于1995年12月28日通车运营。

汕头海湾大桥桥面为双向六车道高速公路。

桥梁诗咏

82

七律·汕头海湾大桥赋四

轩正言
2022.12.31

巍峨主塔汗中洗,
千万银丝手上扬。
娇健箱梁美丽显,
举托信念迅延长。
激人心动弦音奏,
劈斩荆棘路指方。
迎面台风猫道顺,
湍急狂浪众搏昂。

　　四个365天,每一天都充满着艰辛,每一天都创造着奇迹,每一天都饱含着焦灼,每一天都收获着惊喜。
　　建造者用生命与血泪,演绎了动人的传奇。

83

七律·汕头海湾大桥赋五

轩正言

2022.12.31

婀娜姿丽汕头海,
壮硕大桥弓把仰。
引满待发天下显,
宛如巨大竖琴扬。
纵情奏乐鸣波上,
面阔桥宽胸坦膛。
主塔巍峨高臂膀,
蕴积热量似朝阳。

　　婀娜多姿的汕头海湾大桥,像一把后羿的弓,在蓝天下引满待发,像一架巨大的竖琴,在碧波上纵情奏鸣。宽阔的桥面,一如大桥人坦荡的胸膛。

　　高耸的主塔,恰似大桥人刚劲的臂膀。那蕴积的热情,犹如一轮喷薄而出的朝阳。

七律·汕头海湾大桥赋六

轩正言

2022.01.02

喷薄晨早朝阳显,
飘逸神姿桥硕观。
欲与海鸥飞舞艳,
云霞缠绕壮体轩。
海涛热吻优雅影,
海岛风清为她欢。
引吭高歌祷歌亢,
阳光金色洒桥间。

　　那飘逸的神姿,欲与鸥鸟齐飞。云霞缠绵于其雄健的体魄,海涛热吻着其优雅的倒影,德州岛为她纵情的引吭高歌。
　　金色的阳光洒满宽阔的桥,看着这娇美的桥叫人怎能不回想?

五律·汕头海湾大桥赋七

轩正言

2022.01.02

黑发染霜雪,
天际各一方。
热血化波浪,
英雄自众郎。
至高刚强者,
无比毅荣光。
伐步坚定迈,
新征帆起扬。

多少人为她黑发染霜雪,多少有情人为她天涯各一方,多少人为她热血化碧浪!她造就了英雄的大桥集体,她培育了大桥人无比刚强!

谁能说娇美的大桥不令人自豪?自豪的大桥人无比荣光!迈着坚定沉实的步伐,沐浴着凛冽苍凉的海风,又扬起新的征帆,大桥人高吟着《走四方》。

86

七律·武汉鹦鹉洲长江大桥一

轩正言

2023.01.04

武汉大桥鹦鹉洲，
中西合璧建筑修。
十足汉味楚风显，
三镇千年鼎立牛。
主缆线曲轮廓简，
耸高三塔寓思留。
轻盈富有韵律美，
色艳橘红国际流。

鹦鹉洲长江大桥是武汉第八座长江大桥，也是世界最大的三塔四跨悬索桥，大桥全长3420米，其中主桥长2.1千米，采用（225+2×850+225）米三塔四跨钢筋混凝土结合梁悬索桥，桥面宽38米，双向8车道，设计时速60千米。

大桥桥身为橘红色，犹如一条巨龙横卧在长江之上，颇为壮观。鹦鹉洲长江大桥是武汉市城市二环线的控制性工程，于2014年12月28日正式建成通车。

87

七律·武汉鹦鹉洲长江大桥二

轩正言
2023.01.04

晴川历历汉阳树，
芳草萋萋鹦鹉洲。
绿水有弦千古弹，
青山着墨万秋勾。
盘龙古韵腾飞凤，
流水高山云鹤悠。
楚韵浓融汉元素，
刻雕画板众闲舟。

武汉鹦鹉洲长江大桥设计讲究中西合璧，且汉味十足。主缆曲线轮廓简洁、轻盈，富有韵律美，高耸的三塔寓意着武汉"三镇"鼎立。其橘红色与大洋彼岸美国旧金山的金门大桥一致，这种颜色被称为"国际橘"。

桥面栏杆很好地融合了中国元素的屋顶造型，栏杆上安装了一块块中国风雕刻画板，有盘龙古韵、楚凤腾飞、高山流水、白云黄鹤等15种武汉元素，楚韵浓郁。

88

七律·武汉鹦鹉洲长江大桥三

轩正言
2023.01.04

竖塔排空如巨笔，
聚沙成塔伟形彪。
纵轴两侧六巨扇，
悬索银簪发髻妖。
跨度冠军环世最，
塔三跨四径牛桥。
桥梁建造风险大，
两大四新其特骄。

工程特点：大桥采用三塔四跨悬索桥结构形式，是世界上跨度最大的三塔四跨悬索桥。首次将钢－混结合梁用作大跨悬索桥梁部结构，能有效解决钢梁桥面铺装层易损坏的技术难题，减少运营维护成本。武汉鹦鹉洲长江大桥建设具有结构形式新、建造技术新、施工装备新、管理模式新、安全风险大、施工难度大"四新两大"的显著特点。

新京张官厅湖特大桥赋一

轩正言
2023.01.05

钢桁硕壮冠寰世，
高速防寒风沙扛。
桥长九千余米艳，
简支八孔拱形梁。

新京张官厅湖特大桥属新建京张铁路重点控制工程之一，是世界上第一座适用于设计时速350千米的高寒、大风沙高速铁路的钢桁梁桥，大桥全长9077米，主桥采用8孔110米简支拱形钢桁梁。

该桥是中铁大桥局继京包铁路跨官厅特大桥、京藏高速公路跨官厅特大桥、怀来官厅水库特大桥之后，20年内在官厅水库上建设的第四座大桥，于2019年建成通车。

桥梁诗咏

新京张官厅湖特大桥赋二

轩正言
2023.01.05

三大水源关键地，
湖深风大染污防。
不停优化施工案，
质量安全环保强。

官厅水库是中华人民共和国成立后修建的第一座大型水库，位于河北省张家口市和北京市延庆县界内，是北京三大水源保护地之一，它具有湖深、风大、环保要求高等特点，这也使大桥建设需要破解的一大难题是施工不能对原有生态环境造成影响和破坏。

大桥施工方案反复优化，对各项数据进行了缜密计算，力求实现大桥在建设中安全、质量、进度、环保的完美结合。

新京张官厅湖特大桥赋三

轩正言

2023.01.05

钢架施工方案妙，
大桥推顶预拼装。
施工涉水工程少，
环保施工污染防。

　　大桥钢梁采用"预拼装＋顶推"的施工方法作业，即所有钢梁都在岸上拼装好，再利用千斤顶将组装好的橘红色钢结构一段段推到桥墩上固定。整个施工过程涉水工程少，最大限度减少水上施工工序，对水库影响最小，有效降低施工对库区水资源的污染。

　　为有效监控施工对湖水水质的影响，官厅水库管理处委托第三方水质监测单位对水库水质进行实时监测。检测数据显示，施工期间水库水质无变化，施工未对水库造成污染。

新京张官厅湖特大桥赋四

轩正言

2023.01.05

一体发展京津冀,

经济博前线健关。

铁路京张百年史,

中国高铁果结轩。

京张高铁作为 2022 年冬奥会的交通保障线、京津冀一体化发展的经济服务线、传承京张铁路百年历史的文化线,全面展示高铁建设成果的示范线,代表了我国高铁建设的高水平。

1909 年,由中国人自主设计和建造的第一条干线铁路——京张铁路正式通车,成为中国工程技术发展的里程碑。

93

新京张官厅湖特大桥赋五

轩正言
2023.01.05

见证明凿关键线，
综合国力跃飞轩。
京张铁路百年史，
伟大精神永鼓前。

2019年12月30日，京张高铁通车。从自主设计修建零的突破到世界最先进水平，从1909到2019年，从时速35千米到350千米，从老京张到新京张，昨天的辉煌与今天的奋进在这里相遇。

京张线见证了中国铁路的发展，也见证了中国综合国力的飞跃。老京张铁路虽然走进历史，但是它的精神之光永存！

94

新京张官厅湖特大桥赋六

轩正言
2023.01.05

青藤蜿向上，
高铁线当燃。
插翅长虹赞，
路基延展前。
八达曲谱撼，
墙垛岭城观。
钢拱飞轩艳，
虹如海浪欢。

　　京张高铁，如青藤蜿蜒向上；京张高铁，若长虹插上翅膀。此刻，我站在八达岭的城垛看见路基延展，大地的曲谱梁拱飞架，彩虹如波浪。
　　水库之上的大桥，多像一道国画中的篱墙。呵护，这力量交叉的图腾。托举，这刚柔并济的意象。桥拱，天上和水中，组合成奥运五环的模样。

95

嘉绍跨海大桥赋一

轩正言
2023.01.06

嘉绍大桥涛海见，
主航桥道技术含。
通航五孔轩然显，
六塔斜拉独柱燃。
索塔繁多主桥艳，
规模位列第一冠。
总宽约五十余米，
高速双八车道观。

嘉绍跨海大桥主航道桥采用技术含量很高的6塔独柱斜拉桥方案，这使主桥长度达2680米，分出5个主通航孔，索塔数量、主桥长度规模位居世界第一。

大桥采用双向八车道高速公路标准，主桥总宽度达55.6米（含布索区）。水中区引桥大量采用大直径钻孔桩，同时取消桥墩上的承台。

96

嘉绍跨海大桥赋二

轩正言
2023.01.06

六塔钢箱多索面，
主桥独柱景轩桥。
跨中设置伸缩缝，
刚性铰间桥式彪。

大桥主航道桥采用独柱四索面六塔钢箱梁斜拉桥结构，主桥跨中设置伸缩缝，伸缩缝处主梁采用刚性铰构造。

北副航道桥采用变截面连续钢构桥；南、北水中区引桥采用跨径等截面预应力混凝土连续钢构桥；南、北陆地区引桥采用跨径等截面预应力混凝土连续箱梁。

97

嘉绍跨海大桥赋三

轩正言

2023.01.06

大桥撼美闲飞越，

天堑千年已没关。

两岸北南时空变，

绍兴融入上经圈。

其桥重要成支点，

社会攸关济展前。

窗口增添靓风景，

积极贡献绍嘉欢。

2013年7月，嘉绍大桥正式通车营运，一桥飞架南北，天堑变通途。自此，绍兴终于融入了大上海1.5小时经济圈，南北两岸的时空关系被彻底改写。

如建造之初所希望的那样，嘉绍大桥已成为推动绍兴社会经济发展的一个重要"支点"，在打造"重要窗口"增添靓丽"绍兴风景"方面积极贡献了"嘉绍大桥力量"。

桥梁诗咏

98

嘉绍跨海大桥赋四

轩正言
2023.01.06

嘉绍大桥惊世界,
斜拉众塔最长宽。
六观主塔百余米,
八万钢梁吨重然。
五百余根多面索,
丽桥美款谓其冠。
车流量看繁忙显,
两岸钱塘南北穿。

作为目前世界上最长最宽的多塔斜拉桥,6座高达130米的主塔、576根斜拉索、8万吨钢箱梁,擎起了嘉绍大桥这座世界级大桥。7年间,9200万辆次的车流在钱塘江南北两岸来回穿梭。

为了保障大桥的结构安全,维护桥梁安全稳定运行,嘉绍大桥"精工细作养护周"正式启动。

七律·乌苏大桥赋一

轩正言

2023.01.07

乌苏桥特鲜明色，
设计施工极富威。
特色缤纷颜彩展，
中华底蕴厚浓辉。
一流世界桥水准，
主塔型彪独柱飞。
宝剑之形简凝练，
挺拔俊朗耸丰碑。

乌苏大桥独具特色的施工设计，展现了浓厚的文化底蕴和世界一流的建桥水准。大桥独柱式主塔形态设计为宝剑形状，简约凝练，挺拔俊朗，似高耸丰碑。

桥面为双向四车道一级公路，设计时速80千米，于2012年建成。

七律·乌苏大桥赋二

轩正言
2023.01.07

大桥主塔塔冠特，
含蓄太阳待放欢。
饱满蕾花金色蕊，
和平友好愿荣繁。
钢梁主塔颜色定，
富有中国红特燃。
厚重文化重底蕴，
民族上下五千年。

大桥主塔塔冠形似含蓄待放的太阳花，饱满的花蕾吐露着金色的花蕊，象征着中俄人民世代友好和平的愿景。

大桥主塔及主桥钢箱梁颜色拟定为富有中国特色的"中国红"，展现中华民族五千年的厚重文化底蕴和图腾。

七律·港珠澳大桥赋一

轩正言

2023.01.07

超级跨海工程建,

海域伶仃洋显欢。

香港东接珠澳系,

珠江口跨越悠闲。

全长五拾五公里,

世界冠军跨海轩。

三地连接港珠澳,

大桥岛隧显其燃。

港珠澳大桥跨越珠江口伶仃洋海域,全长55千米,是世界最长的跨海大桥。港珠澳大桥主体工程集桥、岛、隧于一体,共约29.6千米。

6千米的海底隧道,以及连接桥梁和隧道的东西两座人工岛,双向6车道,设计时速100千米。2009年12月15日动工建设,2018年10月24日建成通车。

桥梁诗咏

102

七律·港珠澳大桥赋二

轩正言
2023.01.07

世界最长桥美丽，

钢材四拾万余吨。

埃菲铁塔几十座，

十座鸟巢重量云。

三地共同齐建造，

大规基础设施昆。

跨通海道冠其世，

建筑桥梁品质存。

　　作为世界上最长的钢结构桥梁，港珠澳大桥仅主梁钢板用量就达到42万吨，相当于10座鸟巢或者60座埃菲尔铁塔的质量。
　　港珠澳大桥作为由粤港澳三地首次合作共建的特大型基础设施项目，旨在建设世界级跨海通道，为用户提供优质服务，成为地标性建筑。

七律·港珠澳大桥赋三

轩正言
2023.01.07

提高道路使用长,
防震抗洪防撞良。
各面高拥标准提,
技术材料质光芒。
中国行业标准领,
世界领衔国家昌。
领域多方已填补,
科学技术世当强。

在道路设计、使用年限以及防撞防震、抗洪抗风等方面均有超高标准,产生了一系列新技术、新材料和新装备,在多个领域填补了我国国家标准和行业标准的空白,形成了走向世界的"中国标准"。

设计使用寿命长达120年,要求能抗8级地震,能御16级台风,其标准之高,国内工程无出其右者。

桥梁诗咏

104

七律·港珠澳大桥赋四

轩正言

2023.01.07

工程显艳桥隧建,
海底艰难公路长。
隧道五千余米撼,
钢筋结构混凝刚。
管节长百八十米,
沉管能接成绩扬。
水漏不忧等级大,
高强防御腐蚀防。

港珠澳大桥沉管隧道是世界最长的海底公路沉管隧道,长达5664米,由33个钢筋混凝土结构的管节和一个最终接头对接而成,标准管节长180米,宽37.95米,高11.4米,重约8万吨,具有不漏水、抗水压、防腐蚀的高强防御力。

每一个管节都如同一艘轻型航空母舰。2016年12月26日,港珠澳大桥海底隧道33节沉管预制全部完成。

七律·港珠澳大桥赋五

轩正言

2023.01.07

大桥标准其级提，

地恶风汹天气拙。

多众自然因素影，

工程困难苦辛多。

桥梁建造通车便，

时距空离可短缩。

华夏桥梁强国变，

地标艳丽造桥卓。

　　港珠澳大桥的目标、使命、标准，再加上其所处的地质、海况、天气等自然因素影响，使得港珠澳大桥成为当前桥梁建设中难度最大的桥梁工程之一。大桥建成通车，极大地缩短了香港、珠海和澳门三地间的时空距离。

　　作为中国从桥梁大国走向桥梁强国的里程碑之作，该桥被业界誉为桥梁界的"珠穆朗玛峰"。

七律·南京眼步行桥赋一

轩正言

2023.01.08

南京建邺河西建，
青奥新城轴中骄。
万里长江建成已，
观光首座步行桥。
钢箱双塔双索面，
钢塔斜拉桥式彪。
二百米多桥跨越，
南京眼式客游邀。

南京眼步行桥位于江苏省南京市建邺区河西新城青奥轴线中轴，是万里长江上建成的首座观光步行桥，为双塔双索面钢塔钢箱梁斜拉桥，大桥全长827.5米，主桥631.5米，主跨240米。

其是中国第一个获亚瑟·海顿奖的桥梁，于2014年建成通车。

七律·南京眼步行桥赋二

轩正言
2023.01.08

引人注目桥中志，
奥运环标五个圈。
钢板重七吨焊构，
抗风十二等级担。
人行荷载其重计，
桥面八千平米观。
五者每平人可站，
共承四万众齐前。

桥中央有个引人注目的大型奥运五环标志，长约13米、高7米、宽0.8米，其内部钢板与桥梁紧紧咬合，质量达7吨，可抗12级大风。

根据测算，南京眼步行桥桥面每平方米的荷载质量是0.35吨，每平方米可以站5个人。按照8000平方米的桥面推出，步行桥可以承受近40000人的质量。

108

七律·南京眼步行桥赋三

轩正言
2023.01.08

斜拉索显琴弦劲，
大力十足水手称。
共有三十六根索，
力刚拽起索能承。
桥之面系千吨重，
游客行人数量盛。
自重活荷合计算，
其拉臂强撼惊生。

除了步行桥的桥墩本身受力之外，被称为琴弦的斜拉索也堪称十足的"大力水手"。

整座步行桥共有斜拉索36根，这些斜拉索拽起了整个重达4800余吨的桥面，而如果加上行人，臂力已超过7000吨。

七律·南京眼步行桥赋四

轩正言

2023.01.08

整座大桥其观撼,
造型飘逸简洁观。
白环两个对相看,
又似分离动感欢。
微拱桥中此神见,
中国古典意诗含。
小桥流水人家显,
泛起涟漪桥式轩。

整座大桥外观造型简洁飘逸,两个白环既相对又似分离,动感极强。桥中部微拱起,契合小桥流水人家的中国古典诗意。

桥身似泛起的涟漪,由宽渐窄,由窄渐宽,行人穿行其间犹如琴弦上跳跃流动的音符。步行桥可供旅游电瓶车和行人通行使用,是彰显南京新时代新活力的标志性建筑。

七律·南京眼步行桥赋五

轩正言

2023.01.08

工程协会美国办，
国际桥梁大会年。
具有颇高声誉显，
其拥极好响声言。
每年评选桥一次，
设从八八前世间。
诺奖获得桥界撼，
当之无愧谓称冠。

国际桥梁大会（IBC）是国际桥协设立最早、影响最大的奖，颁发给近期完成的在世界桥梁工程设计、施工、科研方面取得杰出成就的工程项目。

IBC 桥梁项目奖总共设有 7 项，分别是乔治·理查德森奖、古斯塔夫·林德撒尔奖、亚瑟·海顿奖、阿巴·利希滕斯坦奖、尤金·菲戈奖、铁路桥奖和超级工程奖。

111

平潭海峡公铁大桥赋一

轩正言

2023.01.09

世界桥梁第一座，
巍峨公铁大桥骄。
平潭铁路福州系，
高速长平公路娇。
关键工程桥控制，
伟雄航道丽三桥。
钢桁结构斜拉显，
一万余多米长彪。

　　世界上第一座真正意义上的公铁两用跨海大桥，为新建福州至平潭铁路、长乐至平潭高速公路的关键性控制工程，包括跨越元洪航道、鼓屿门水道和大小练岛水道的3座航道桥，为钢桁结构梁斜拉桥，大桥全长16.34千米。
　　大桥上层为双向6车道高速公路，设计时速100千米，下层为双线铁路，设计时速200千米。2020年建成通车。

平潭海峡公铁大桥赋二

轩正言

2023.01.09

浪高风大水流快，
潮差流急地质差。
条件复杂艰困险，
浪风监测预前发。
桥基采用佳方案，
围堰平台建造佳。
钻孔平台栈桥大，
超常直径孔桩插。

针对风大、浪高、水深、流急、潮差大及地质条件复杂等工程特点，对期间的风浪进行监测及预报，以指导施工。

基础采用"先平台后围堰"的方案施工，采取了长栈桥、钻孔平台及超大直径钻孔桩等施工技术，桥塔墩承台采用哑铃形防撞箱围堰施工。

113

平潭海峡公铁大桥赋三

轩正言

2023.01.09

液压爬模桥塔建，
重型塔吊抗风强。
空间桁架横撑造，
塔吊结墙技术扬。
制造拼装全焊见，
通航桥孔钢桁梁。
吊机浮吊雄梁壮，
节段桥梁架设装。

桥塔采用全封闭液压爬模施工，采取了全封闭防风液压爬模抗风、1100千牛/米的塔吊及塔吊附墙抗风、空间桁架横撑等施工技术。通航孔桥钢桁梁采用整阶段全焊接制造、拼装。

混凝土箱梁采用海上造桥机和现浇支架施工。简支钢桁梁采用工厂整孔制造船运至现场后利用3600吨浮吊整孔吊装。

桥梁诗咏

114

平潭海峡公铁大桥赋四

轩正言

2023.01.09

平潭公铁海峡建，
关键工程控制关。
重要规划国定策，
京台高铁大桥轩。
综合实验平潭岛，
三大国家战略燃。
时空距离更缩短，
海西经济展发渐。

平潭海峡大桥不仅是长乐至平潭高速公路和福州至平潭铁路的控制性工程，还是"十三五"规划中北京至台湾高铁的先期工程。平潭是一座集"自贸区＋试验区＋国际旅游岛"三大国家级战略于一体的综合实验岛。

大桥结束了平潭岛不通铁路的历史，与福州的时空距离也将进一步缩短，实现半小时生活圈和经济圈，对促进海西经济发展具有重大意义。

荆州长江公铁大桥赋一

轩正言

2023.01.10

荆州桥艳长江跨，
华夏梁排首座冠。
重载承担轩路建，
交通公铁用共欢。
过江道路其关键，
南北通途煤运前。
上跨长江型式撼，
四车双向畅通观。

荆州长江公铁大桥是国内首座跨越长江的重载铁路桥梁，是蒙华铁路、湖北荆州沙市至公安县高速公路共用的过江通道和关键性控制工程，是我国北煤南运的重要大通道。

大桥北起江陵西互通，南至公安南互通；桥梁总长6317.822米，主桥长1458.85米，主跨长518米；桥面为双向4车道高速公路，设计时速100千米，于2019年建成通车。

桥梁诗咏

荆州长江公铁大桥赋二

轩正言

2023.01.10

惊人大力承载量,
二万五千吨重钢。
武汉长江大桥比,
钢量此是倍双量。
长江公铁荆州建,
屈服三七零当强。
拉力每方平米劲,
可撑埃塔两乘双。

荆州长江公铁大桥的用钢量达到了 25000 吨,与武汉长江大桥相比,用钢量多了一倍。这些钢材还有一个特别的代号——Q370。

一块 1 平方米的 Q370 钢,可以承载 37000 吨的质量而不会变形,可以支撑起 4 个埃菲尔铁塔。

117

荆州长江公铁大桥赋三

轩正言

2023.01.10

巨型围堰大桥造，
自动钻机径大观。
主塔施工钻孔快，
水中船吊技术前。
钢梁架设十个月，
主塔顶封约一年。
同类施工新纪录，
桥梁建造探科研。

荆州长江公铁大桥在建设过程中采用了巨型围堰、大直径全自动钻机、水上吊船等多项先进技术，实现了117天主塔钻孔施工、13个半月主塔封顶、9个多半月完成钢梁架设的任务。

该项目不但创造了长江上同类型桥梁施工的新纪录，同时也为我国同类桥梁的建造探索了一套成功的经验。

荆州长江公铁大桥赋四

轩正言
2023.01.10

荆州公铁大桥要，
缓解城区畅道观。
重视稀缺惜建造，
珍惜位置少资源。
完全网络交通布，
江汉庭湖系两原。
洪水应急能力提，
工程腰壮显其轩。

荆州长江公铁大桥建成后，将缓解荆州长江大桥荆州城区的通行压力，综合利用稀缺的长江桥位资源，完善江汉平原与洞庭湖平原的公路网络。

提高荆江分洪区应急转移能力，为湖北实施"壮腰工程"、加快荆州振兴发挥重要作用。

湖南赤石大桥赋一

轩正言

2023.01.11

赤石雄起大桥见，
位置宜章赤石乡。
建造桥梁其第二，
湖南特大艳桥长。
厦蓉高速汝郴段，
关键工程控制强。
预应混凝土梁设，
塔双索四显桥芒。

赤石大桥，位于郴州市宜章县赤石乡，是湖南第二座建成的世界级特大桥，也是厦蓉高速湖南汝郴段的关键控制性工程，为四塔预应力混凝土双索面斜拉桥，全长1470米，设计时速80千米，于2016年建成通车。

湖南赤石大桥赋二

轩正言

2023.01.11

湖南赤石大桥造，
索塔蛮腰曲线燃。
建造安全高质量，
造型设计美丽观。
常规桥比刚度小，
多塔斜拉体系轩。
应力幅增活载下，
塔身刚度提升担。

湖南赤石大桥"小蛮腰"设计：赤石大桥的双曲线索塔（即S形小蛮腰）设计则满足了造型美观需求，又考虑到了桥梁安全、施工建设等众多因素。

多塔高墩斜拉桥与常规斜拉桥（双塔或独塔斜拉桥）相比，体系刚度低，活载作用下主梁的应力幅大，可提高竖向荷载作用下塔的自身刚度来增加体系刚度。

湖南赤石大桥赋三

轩正言
2023.01.11

桥梁面下高轩柱，
减小温差力附加。
方便施工与养护，
连接方式塔梁叉。
桥丽梁美型观撼，
赤石大桥体系佳。
具有原创双曲线，
云中索塔塔肢拔。

　　该项目充分利用桥面以下塔柱较高的优点，找到一种既可减小季节温差下附加内力，又方便施工和养护的塔梁连接方式。
　　由于桥梁美学的需要，赤石大桥设计了具有原创性的双曲线塔柱和倒Y形索塔相组合的双曲线索塔方案。

湖南赤石大桥赋四

轩正言

2023.01.11

跨长三百八十米,
多塔斜拉艳丽桥。
跨径桥中其撼众,
桥墩高度此为标。
高桥世界冠一世,
索塔刚度整体彪。
主塔轩形观四座,
双曲两面显风骚。

  七项世界"第一":主跨380米,在多塔预应力混凝土斜拉桥中为世界第一大跨径。最高桥墩高度为182米,在预应力混凝土斜拉桥中为世界第一高桥墩。
  为提高索塔整体刚度,4座主塔塔形设计为双面双曲线收腰的S形,该设计为世界首创,获双曲线桥梁墩塔发明专利。

湖南赤石大桥赋五

轩正言

2023.01.11

群桩建造桩长异,
相异五十八米存。
世界桥梁其史罕,
群桩桩长最差论。
悬浇篮挂主梁见,
建造施工挂艳云。
承载其佳力高大,
可达七百六十吨。

　　同一承台下,群桩最大桩长差达58米,创世界桥梁史上同一承台下群桩最大桩长差。
　　主梁悬浇采用最大承载力达760吨的前支点挂篮施工,为世界承载力最大的桥梁施工挂篮。

湖南赤石大桥赋六

轩正言

2023.01.11

主梁设计抗风强,
置有阻尼梁此端。
涡电流调谐质量,
阻尼抗风措施观。
大桥防撞等级撼,
首创钢栏显景观。
其设外观专利获,
景观人本护钢栏。

主梁上安装下拉抗风索,同时在梁端安装横桥向ECD型电涡流调谐质量阻尼器的抗风措施,可提高高墩大跨径斜拉桥主梁施工期抗风能力,为世界首创。

大桥高防撞等级景观钢护栏是国内外首个防护等级达到最高等级HA级的桥梁钢护栏,填补了无HA级护栏的空白,其中"护栏(人本型景观钢)"获外观设计专利,"一种人本型景观钢护栏"获实用新型专利。

湖南赤石大桥赋七

轩正言
2023.01.11

赤石桥梁众撼呈,
汝郴距近短车程。
交通便利桥梁建,
建造艰辛经验增。

湖南赤石大桥开通后,汝城到郴州市区的车程缩短至1小时左右,大桥在带来交通便利的同时,也创造了多项世界首创工艺、国家专利。

该项目为我国山区复杂地质条件下特大型桥梁的建设积累了宝贵的经验。

桥梁诗咏

香港青马大桥赋一

轩正言

2023.01.12

中国香港境区间，
青马桥梁通道欢。
接系葵青该岛近，
荃湾湾岛互相连。
要区含艳其干线，
道路中轩此显关。
公轨双层双用见，
索桥世谓冠军斓。

青马大桥位于我国香港特别行政区境内连接葵青区青衣岛与荃湾区马湾岛的主要通道，是香港青屿干线道路的组成部分之一。青马大桥为公轨两用双层钢悬索桥，是全球最长的行车铁路双用悬索式吊桥。

大桥全长2160米，主跨1377米，东起青衣岛，上跨马湾海峡，西至马湾岛；上层为双向6车道城市快速路，设计速度100千米，下层为双线铁路，设计速度135千米，于1997年建成通车。

127

香港青马大桥赋二

轩正言
2023.01.12

大桥桥塔高度显，
五百吨鞍座稳存。
主缆两锚双定碇，
重约二拾万余吨。
缆之直径一米又，
三万余根丝组云。
直径约为五毫米，
钢丝里长永轩论。

　　大桥桥塔高度（至鞍座）206米，每个鞍座重500吨，固定主缆的两个锚碇分别重20万吨和25万吨。主缆直径1.1米，由33400根直径为5.38毫米钢丝组成，钢丝总长16万千米。
　　钢丝总重2.67万吨，每条主缆荷载5.3吨。桥身钢材总质量4.9万吨，每米桥身质量为22.7吨。

香港青马大桥赋三

轩正言
2023.01.12

桥梁文化特色显,
邮政发行新纪芒。
创作之思五行见,
小型邮票套全张。
融合香港其独景,
社会富足祥和光。
青马大桥为代表,
纪元迈向寓思扬。

　　1999年,香港邮政为送别20世纪、迎接2000年,发行《迈向新纪元》邮票小型张。该套邮票以"五行"为创作思路,融入香港特色景物,喻意香港社会祥和富足、迈向新纪元,其中代表建筑即为青马大桥。

杨泗港长江大桥赋一

轩正言
2023.01.13

大桥跨度巍巍显,

悬索二层梁劲昆。

主跨一千七百米,

桥中竟没设桥墩。

过江一跨交通便,

双向双层快速臻。

建造桥梁道通已,

长江滚滚畅流奔。

杨泗港长江大桥是世界上跨度最大的双层公路悬索桥,主跨1700米。大桥北起汉阳国博立交,止于武昌八坦立交,全长约4.13千米,桥中间没有桥墩,一跨过江。

上层为双向6车道城市快速通道,设计时速80千米;下层为双向6车道城市主干道,设计时速60千米。2019年10月8日建成通车。

杨泗港长江大桥赋二

轩正言

2023.01.13

中间不设桥墩建，

一跨过江悬索轩。

地处桥群之段显，

长江四座大桥斓。

桥梁密度人间罕，

每座桥梁距近观。

下部桥墩间距异，

船舶经过险且艰。

　　为什么要建中间不设桥墩、"一跨过江"的悬索桥？据悉主要出于两个方面的考虑，一是大桥地处"桥群"河段，桥址8.2千米范围内有武汉长江大桥、鹦鹉洲大桥、杨泗港大桥、白沙洲大桥等4座长江大桥，桥梁密度世界罕见。

　　杨泗港大桥不设桥墩，保障了白沙洲至鹦鹉洲大桥6千米内无需调整方向，有利于船舶通航。

131

杨泗港长江大桥赋三

轩正言
2023.01.13

主桥跨度千余米，
最大双层跨度桥。
双向双层众车道，
通行能力最牛彪。
双锚基础墙连续，
最大圆形基础娇。
主缆高强张力大，
邻衔世界显风骚。

> 杨泗港长江大桥设计特点及创新之处具有"四大特色"：第一，主桥跨度大。主桥跨度1700米，是世界上跨度最大的双层悬索桥。第二，通行能力大。主桥设置双层双向12车道，是世界上通行能力最大的公路桥梁。第三，基础规模大。锚碇基础采用直径98米的圆形地下连续墙结构，为世界上最大的圆形桥梁基础之一；主塔沉井基础平面尺寸超过3000平方米，位于世界前列。第四，设计荷载大。大桥主缆设计张力6.5万吨，吊索设计拉力500吨，均为世界最前列。

132

杨泗港长江大桥赋四

轩正言

2023.01.13

大桥硕艳长江港，
桥面双层设计骚。
全焊主梁结构见，
钢桁加劲主桥娇。
桥型悬索其冠一，
主缆强度标准高。
一九六零强度造，
自身功能要求彪。

杨泗港长江大桥双层桥面设计既满足桥梁自身功能要求，又充分考虑城市规划和道路匹配性；主桥钢桁加劲梁采用全焊接结构，为国际大跨度悬索桥中首次采用。

主缆采用标准抗拉强度为1960兆帕的高强钢丝，是国内采用强度等级最高的桥梁钢丝材料。

杨泗港长江大桥赋五

轩正言

2023.01.13

大桥设置众多道，
交畅过江路共光。
使用功能详设计，
大桥建造技术芒。
厚层黏土沉其中，
沉井轩然下水翔。
加劲主梁千重吊，
钢桁结点焊接扛。

大桥设置机动车道、非机动车道、人行观光道，集过江交通与观光于一体，是目前长江上功能最完备的桥梁。大桥2号桥塔底节钢沉井下水时质量高达6200吨，是国内外采用气囊法下水质量最大的沉井。

主塔沉井下沉首次采用超厚黏土层条件下超大沉井下沉新技术；主桥加劲梁首次采用千吨级整体吊装，全焊接新技术。

134

杨泗港长江大桥赋六

轩正言
2023.01.13

中铁施工佳设计,
完全国内产原材。
工期缩短了不起,
建造同规比最才。
武汉过江压力解,
南湖光谷路流拽。
桥硕梁艳通车畅,
道撼途轩绩已来。

全国工程设计大师、杨泗港长江大桥总设计师徐恭义接受采访时表示,这座大桥实现了中国设计、中国制造和中国施工,以及原材料的全部国产,非常了不起。

工期在国际同规模的工程上也是最短的,美国同类型悬索桥修了9年,日本用了8年,中国只用了4年。

湖南矮寨大桥赋一

轩正言
2023.01.14

巍巍跨度寰环最,
矮寨桥梁位置轩。
单跨钢桁悬索艳,
交通距近显桥艰。
跨长达到千余米,
双向车流道撼观。
自治苗族州境内,
通车营运世名冠。

矮寨特大悬索桥位于湖南省湘西州吉首市矮寨镇境内,距吉首市区约20千米,是国家重点规划的8条高速公路之一,长沙至重庆通道湖南段吉(首)茶(峒)高速公路中的重点工程。

工程为双层公路、观光通道两用桥梁,4车道高速公路特大桥。

湖南矮寨大桥赋二

轩正言

2023.01.14

创新成果轩然见，
采用岩锚吊索茁。
碳纤维能更索替，
完工矮寨大桥卓。
湘渝两省交通改，
重庆长沙程短缩。
两省宽括中西部，
对接具有意多说。

矮寨大桥的桥型方案为钢桁加劲梁单跨悬索桥，悬索桥的主跨为1176米，创造了四项世界第一。

该桥极大地改善湘渝两省市的交通现状，对两省市乃至中西部的对接具有极其重要的意义。

湘南矮寨大桥赋三

轩正言

2023.01.14

全球首次创新见,

梁塔完全分显离。

保护山体为环境,

尽量限度少挖泥。

架梁轨索滑移法,

工艺全新梁架疾。

速度其提升九倍,

施工工法创新丽。

矮寨大桥主跨1176米,是世界上跨峡谷跨径最大的钢桁梁悬索桥。全球首次采用塔、梁完全分离的设计方案,缩短了主梁长度,又最大限度地减少了对山体的开挖,保护了环境。

该项目首创了"轨索滑移法"架梁,这种全新工艺提高了架梁速度接近十倍。

138

七律·湖南矮寨大桥赋四

轩正言

2023.01.14

磅礴气势梁飞凤,
德夯名峡谷上龙。
矮寨桥形世寰撼,
深峡谷影地天宏。
型新壮美佳观看,
桥誉梁名最美拥。
慕念游人纷涌至,
湘西桥艳宇称雄。

在气势磅礴的德夯大峡谷上空,矮寨悬索大桥与德夯大峡谷相互映衬,构成了壮美景观,被媒体誉为"世界上最美的桥"。

各地游客纷涌而至,大桥为推动两地的经济发展作出了巨大的贡献,也成为湘西的一张世界名片。

五峰山长江大桥赋一

轩正言
2023.01.15

公铁千级双用撼，
我国悬索首一衔。
疾驰高铁寰环冠，
跨度最牛荷载担。

五峰山长江大桥是江苏省镇江市境内连接丹徒区与京口区的过江通道，位于长江水道之上，是连镇高速铁路跨越长江的关键工程，也是江都－宜兴高速公路（苏高速S39）跨越长江的工程。大桥主桥为（84+84+1092+84+84）米五跨钢桁梁桥，设双层桥面，上层为双向8车道高速公路，设计时速100千米；下层为双向4线高速铁路，其中连镇铁路设计时速250千米。

大桥于2015年10月28日正式开工建设；2020年12月11日铁路桥开通运营；2021年6月30日公路桥开通运营。

五峰山长江大桥赋二

轩正言
2023.01.15

高铁索桥寰首座，
我国公铁索桥骄。
两途线路其多最，
设计荷级最大彪。

> 五峰山长江大桥是世界首座高速铁路悬索桥、我国首座公铁两用悬索桥，也是世界上公路铁路线路最多、设计荷载最大的悬索桥。
> 该桥有世界上平面面积最大的沉井基础，也是世界上主缆直径最大的悬索桥。

五峰山长江大桥赋三

轩正言

2023.01.15

板桁结合梁加劲，

公铁双途此排一。

轧制创新复合板，

钢梁不锈面新衣。

第一研制大吨位，

缆索重型起重机。

主缆大型轩艳见，

缠丝紧缆显名级。

五峰山长江大桥是世界上首座采用板桁结合加劲梁的公铁两用悬索桥，该桥首次采用轧制不锈钢复合钢板铁路桥面新材料。

首次研制 2×900 吨大吨位缆索式起重机、1.3 米大直径主缆紧缆机及缠丝机。

五峰山长江大桥赋四

轩正言
2023.01.15

填补空白共三项，
率先建立际当衔。
索桥设计佳方法，
计算理论标准研。

大桥建成后将填补世界高速铁路悬索桥、中国公铁两用悬索桥和中国铁路悬索桥三项空白，并在国际范围率先建立起中国高速铁路悬索桥的设计方法、计算理论和相关技术标准。

五峰山长江大桥赋五

轩正言

2023.01.15

大桥建造功实大，
苏北经发快速燃。
苏中苏南融合展，
同城三市进推前。
进程加快一体化，
三角地区发展轩。
带路工程华夏践，
开发沿海略施欢。

五峰山长江大桥的建成对构建苏北快速铁路网，推动苏中、苏南融合发展，推进宁镇扬同城化，加快长江三角地区一体化进程，乃至国家"一带一路"倡议和沿海开发战略的深入实施，都有着重要意义。

144

厦门集美大桥赋一

轩正言
2023.01.16

集美大桥闲跨海,
厦门集美岛相连。
轩桥北海域之上,
主线一十公里蜒。
跨海桥达四公里,
下穿隧长米千观。
交通双向多车道,
总共工期越一年。

　　集美大桥是福建省厦门市连接厦门岛与集美半岛的桥梁,位于厦门北海域之上。大桥主线全长 10.057 千米,其中跨海大桥长 3.82 千米,下穿隧道长 1.36 千米,主线道路为双向 6 车道。
　　该桥于 2008 年 7 月 1 日建成通车,总工期仅约 1 年半,创下世界同型桥梁的建设速度之最。

厦门集美大桥赋二

轩正言

2023.01.16

集美大桥其设特,
桥墩若笔式方形。
新型模板新技术,
浇筑桥墩纹理精。
集美大桥型款特,
两头各有一驼迎。
悬拼工艺佳名奖,
短线梁节匹配名。

集美大桥采用了直方墩,并通过新型模板技术在桥墩立面浇筑出精致的纹理。集美大桥造型独特,呈M形,桥两头各有一个"驼峰"。

厦门集美大桥赋三

轩正言

2023.01.16

集美大桥连两岛,
同安集美济推前。
加急岛外其发展,
扩大该城外空间。
调产布局优化构,
增强综合竞争衔。
交通压力均渐解,
城市之形已变迁。

集美大桥连接厦门岛和岛外集美、同安等地,是扩充城市空间、加快岛外的发展,调整产业布局、优化经济结构,增强城市综合竞争力的重要举措。

厦门集美大桥赋四

轩正言

2023.01.16

集美大桥其建快,
两端接线共丽轩。
重关项目桥梁撼,
建设优佳众奖燃。

集美大桥对缓解日益增加的进出岛交通压力,提升厦门的城市形象,以及促进厦门经济可持续发展和岛内外经济协调发展具有特殊和极其重要的意义。

148

寸滩长江大桥赋一

轩正言

2023.01.17

寸滩此处长江滚,
跨越桥巍两系连。
南岸荣繁弹子石,
中央商务耀光然。
丽桥江跨其梁美,
畅道途通此港轩。
隽塔牌楼悬索撼,
巴渝文化显格轩。

  寸滩长江大桥是连接重庆市南岸区弹子石中央商务区、江北两路寸滩保税港区及两江新区的一座跨江大桥,是具有巴渝文化风格的牌楼塔悬索桥。
  该桥全长1520米,主跨880米,桥面宽42米,双向8车道,设计时速80千米,于2017年建成。

寸滩长江大桥赋二

轩正言

2023.01.17

古典牌楼造型显，
巴渝文化塔风轩。
全球最大国结见，
主塔横梁中上间。
花板图佳此型艳，
象形巴字体其轩。
巴渝文化浓浓现，
红艳中国桥撼然。

桥塔为具有巴渝文化风格的古典牌楼造型。主塔上中横梁间镶嵌有全球最大的桥梁"中国结"造型花板，图案中间是象形的"巴"字，体现了浓浓的巴渝文化。

每个"中国结"由两片组成，长、高均为15米左右，单片重约30吨，一个"中国结"总重约60吨，为世界上最大的桥梁"中国结"。桥梁整体鲜艳的中国红让大桥成为重庆"长江上的艺术品"。

寸滩长江大桥赋三

轩正言
2023.01.17

长宽均是十五米，
巨式规模结字杰。
钢板厚三厘米见，
一张纸片艳形觉。
挠形结构大凹陷，
骨架轩然劲性结。
固定临时结构宇，
立完此后当拆绝。

巨型"中国结"长、宽都有15米，但钢板厚度仅3厘米，按这个比例来看，犹如一张"纸片"。为了避免结构中部大幅度凹陷变形，就制作了"劲性骨架"，将"中国结"固定。所以"站立"后就要拆除，只是临时用以控制稳定性。

寸滩长江大桥赋四

轩正言
2023.01.17

中国结吊施工中，
桥上风凶危险关。
避免吊装直扭转，
且需固定缆绳安。
适合扭矩范围内，
合理精度其控严。
最后安装阶段健，
吊装结字当安全。

"中国结"吊装施工过程中，因为"中国结"大，桥上的风也较大，为了避免起吊过程中来回扭转，就需用"缆风绳"固定，以把扭矩控制在合理范围内。在最后的安装阶段，需要严格把控精度。

 桥梁诗咏

寸滩长江大桥赋五

轩正言

2023.01.17

江险危滩大桥艳,
主城快速显轩程。
六联络线重要组,
专用机场道速成。
项目建成途网畅,
工程南段控关呈。
内环交撼盘龙自,
通畅交通桥燃盛。

重庆寸滩长江大桥是主城快速路网中"六联络线"的重要组成部分,是重庆机场专用快速路工程南段的控制性工程。项目建成通车后,将与机场专用快速路北段(渝航大道)连为一体。形成一条从内环盘龙立交,经寸滩长江大桥,至江北国际机场T3A航站楼,全长13千米的机场专用快速路,可大大缓解现有机场路的通行压力。

瑞安永宁大桥赋一

轩正言

2023.01.17

永宁桥大显轩昭，

公轨合一特大桥。

轨道交通疾快路，

一级公路共三彪。

上层六道交通速，

下面四车双向骄。

功能复合江道过，

钢桁加劲艳梁娇。

瑞安永宁大桥北起瑞光大道，南至纬二路附近，全长约3.1千米，其中公轨合建里程K21+027.82～K23+917.86，约2.89千米。永宁大桥是公轨合建特大桥，是集轨道交通、城市快速路、一级公路三位一体的多功能复合型过江通道。

上层为6车道快速路（设计速度80千米/时），下层为双向4车道一级公路（设计速度60千米/时）及双线轨道交通（设计速度140千米/时）。永宁大桥航道桥采用上加劲连续双层钢桁梁结构。

瑞安永宁大桥赋二

轩正言

2023.01.17

主通航孔跨径撼,
布置径长双百居。
航孔副通桥径设,
其长一百四十余。
主桥桥面钢结构,
桥塔门型威构曲。
梁艳塔高轩款见,
桥江共硕隽格局。

瑞安永宁大桥桥跨布置从北至南依次为(140+200+260+140)米,其中主通航孔跨径布置为260米,副通航孔跨径布置为140米,主桥全长为740米。主桥桥面采用钢结构门型桥塔,塔高为37米,桥梁下部结构为V形桥墩。

北侧非通航孔桥跨度布置为(90+90)米;南侧非通航孔桥跨度布置为(90.4+94.6)米。

瑞安永宁大桥赋三

轩正言
2023.01.17

院士贤郎专家组，
咨询首次过程全。
公轨两用衔国内，
永宁大桥型艳燃。
多塔索桥刚性显，
主梁加劲钢桁观。
顶推双向施工法，
建造梁推力大轩。

瑞安首次采用全过程咨询，成立以院士为主的高级别专家组的项目。永宁大桥航道桥桥跨布置为（140+200+260+140）米，为国内最大跨度公轨两用多塔刚性悬索上加劲钢桁梁。

永宁大桥采用双向顶推施工工法，最大顶推跨度为130米，最大顶推反力为4200吨，为国内最大顶推反力。

桥梁诗咏

156

杭州湾跨海大桥赋一

轩正言
2023.01.18

大桥跨越丽湾撼，
省境连接两市欢。
流畅交通经济进，
滔轩经济力推前。
双城共系桥湾架，
海域杭州海上观。
海口沈阳高速构，
浙江省部市荣繁。

杭州湾跨海大桥，是浙江省境内连接嘉兴市和宁波市的跨海大桥，位于杭州湾海域之上，是沈阳－海口高速公路（国家高速G15）的组成部分之一。同时也是浙江省东北部的城市快速路的重要构成部分，于2008年5月1日建成通车。

杭州湾跨海大桥赋二

轩正言
2023.01.18

大桥平面形曲线，
南北双航湾海观。
海中平台组成显，
通航拱状孔桥燃。
起伏跌宕潮形状，
澎湃汹涌浪显欢。
世界排居第三长，
轩桥跨海世名衔。

　　大桥总体平面为S形曲线，由北航道桥、南航道桥、引桥及海中平台组成；南北航道的通航孔桥处各呈一拱形，具有起伏跌宕的立面形状。
　　该桥是世界已建成的第三长的跨海大桥，大桥全长36千米，按双向6车道高速公路设计，设计时速100千米，使用年限100年。

杭州湾跨海大桥赋三

轩正言
2023.01.18

主跨米长约五百,
大桥航道北南昂。
钻型两塔双索面,
加劲斜拉钢主梁。

大桥北航道桥为主跨448米的钻石形双塔双索面钢箱梁斜拉桥。北航道通航35000吨。南航道桥为主跨318米的A形单塔双索面钢箱梁斜拉桥,通航标准3000吨。

159

杭州湾跨海大桥赋四

轩正言
2023.01.18

世界或且国内最,
大桥创造六冠一。
钢量七个鸟巢等,
可抵台风十二级。

大桥创6项世界或国内之最,用钢量相当于7个"鸟巢",混凝土量相当于10个国家大剧院,可以抵抗12级以上台风。

杭州湾跨海大桥赋五

轩正言

2023.01.18

硕长大桥湾艳叹,
宁舟北市距离悠。
运输成本多降看,
陆运时间节已求。
事故降低交畅显,
运输效率路通优。
州湾跨越桥形撼,
效益佳然海道牛。

　　杭州湾跨海大桥建成后,缩短了宁波、舟山与杭州湾北岸城市的距离,节约了运输时间,降低了交通运输成本,减少了交通事故,提高了交通运输效率,从而形成了杭州湾跨海大桥的通道效益。

　　同时该桥改变了周边区域的交通网络布局,促进了区域交通运输一体化,完善了周边区域的物流网络,为公路、港口、航空、铁路等都带来不同程度的影响。

七律·福州观音桥赋

轩正言

2023.04.05

桥旁观存观音寺，
桥名故谓观音桥。
孔单石拱桥形丽，
始建明之成化朝。
改建加强戊戌际，
桥修梁构固牢昭。
鼓楼最老区称冠，
闲跨琼河显气娇。

福州鼓楼区观音桥，桥长8.5m，宽5.1m。观音桥位于安泰河与文藻河交汇处，因桥旁有一座观音寺，祀有观音大士，故名观音桥。该桥为单孔石拱桥，始建于明成化丁酉年（1477年），清道光戊戌年（1838年）重建。

观音桥于1986年整修加固，是鼓楼区现存最古老的石拱桥，也是福州古建筑瑰宝"琼河七桥"之一。

南京大胜关长江大桥赋一

轩正言

2023.01.19

一桥地址上游建,

全长约余九里双。

铁路过江众多道,

南京地铁过江翔。

南京大胜关长江大桥位于南京长江大桥上游20千米处,大桥全长9.273千米,是京沪高速铁路、沪汉蓉铁路、南京市地铁的过江通道。

大桥主桥为两联连续钢桁梁和六跨2×(108+192+336)米连续钢桁拱桥,通航净空32米,能够确保万吨级船舶顺利通航。大桥于2011年建成通车。

163

南京大胜关长江大桥赋二

轩正言
2023.01.19

四项第一名冠谓，
南京大胜艳关桥。
大桥体大跨度撼，
荷载超高速度彪。

南京大胜关长江大桥特点显著，创造了4项"世界第一"，是世界首座六线铁路大桥，钢结构总量高达36万吨。混凝土总量达到了122万立方米，仅一个桥墩就有7个篮球场大。

南京大胜关长江大桥赋三

轩正言
2023.01.19

同类桥梁其径最，
跨双连拱世之冠。
万吨级别通航艳，
顺利航行孔过船。

南京大胜关长江大桥主跨336米，双跨连拱为世界同类桥梁最大跨度，为世界同类级别跨度最大的高速铁路大桥。通航等级能够确保万吨级船舶顺利过江。

南京大胜关长江大桥赋四

轩正言

2023.01.19

大桥六线轨道设，
支力吨达一万余。
荷载衔排冠世界，
轩然铁路艳桥居。

　　南京大胜关长江大桥设计荷载为 6 线轨道交通，支座最大反力达 18000 吨，是当前世界上设计荷载最大的高速铁路大桥。

南京大胜关长江大桥赋五

轩正言

2023.01.19

南京大胜关桥撼，
先后荣得大奖接。
乔治理查德奖丽，
中国建筑鲁班杰。
詹天佑奖工程美，
国际桥协桥艳觉。
国家科学技术进，
排名特等耀桥结。

　　设计时速300千米是同类大跨度桥梁世界最高速度，代表了我国当前桥梁建造的最高水平。

南京大胜关长江大桥赋六

轩正言

2023.01.19

京沪咽喉高铁建，
桥梁建设撼成观。
大桥名片中国造，
世界品牌荣获欢。
推动桥梁科技展，
表明华夏一流冠。
建桥贡献水平赞，
大胜关桥众丽衔。

南京大胜关长江大桥是京沪高速铁路的"咽喉"工程，是我国桥梁建设领域的又一座丰碑，为打造中国桥梁世界级品牌，推动桥梁科技发展，向世界展示我国一流的建桥水平作出了新贡献。

 桥梁诗咏

168

重庆郭家沱长江大桥赋一

轩正言
2023.01.20

重庆郭家沱建造，
大桥正式已通车。
全桥共计千余米，
主跨米长七百择。

2023年1月18日，重庆郭家沱长江大桥正式通车。郭家沱长江大桥主桥全长1403.8米、主跨跨径720米。通车后将有助于缓解重庆中心城区路网拥堵。该大桥的主桥钢桁梁采用（67.5+720+75）米三跨连续体系。

重庆郭家沱长江大桥赋二

轩正言

2023.01.20

钢桁加劲梁佳设，
塔两跨三连续观。
公路上层桥面畅，
八车双向道途宽。
山城快速江通道，
公里八十时速间。
轨道过江通道建，
下层桥面轨留轩。

　　郭家沱长江大桥是一座悬索桥，即通过缆索固定在两岸或桥两端，悬挂在索塔上。主跨跨径720米，是目前国内跨度最大的公轨两用悬索桥。

170

重庆郭家沱长江大桥赋三

轩正言
2023.01.20

郭家沱处长江架,
梁构钢桁连续观。
公轨双途悬索见,
跨约七百二十间。

郭家沱大桥共有两座形似拱门的巨大索塔,通过长长的缆索进行连接、固定,同时从缆索垂下许多吊杆,把桥面吊住,以减小荷载所引起的挠度变形。

全长1403.8米的郭家沱长江大桥,主桥钢桁梁采用(67.5+720+75)米三跨连续体系,主跨跨径720米,是目前国内跨度最大的公轨两用悬索桥,整个钢桁梁总重约2.5万吨,相当于4座埃菲尔铁塔。

171

重庆郭家沱长江大桥赋四

轩正言
2023.01.20

复杂水域节段架,
困难地形施建艰。
国内跨度为最大,
两途公轨索桥悬。
缺失实践成熟鉴,
没有工程已建观。
小组立成攻难点,
创新转化力科研。

复杂地形下如何快速安全地完成施工?复杂水域环境下如何对大吨位、大跨度悬索桥整节段架设?作为国内跨度最大的公轨两用悬索桥,项目在建设之初,没有成熟的建设经验可以借鉴,有的只是远景目标和眼前的一个个难题。

重庆郭家沱长江大桥赋五

轩正言
2023.01.20

钢桁设计桥梁造，
三角钢桁体系观。
截面均为之字款，
大桥结构永强坚。

在大桥钢桁梁设计建造中，采用三角桁架受力体系，大桥每节段钢桁梁的纵截面都为Z字形。与传统桁架相比，结构更稳定，钢材用量则节约20%以上。

173

重庆郭家沱长江大桥赋六

轩正言
2023.01.20

采用适时刚法建，
钢桁梁架艳形丽。
模型计算分析用，
架设过程姿态析。
逐一连接桥造快，
刚接窗口有其期。
一般架设方相比，
节省工期法有希。

项目在钢桁梁架设中，创新采用适时刚接法。在架设之前，通过建立模型计算分析钢桁梁架设过程中的姿态，分析出钢桁梁刚接的窗口期，并按照窗口期逐一连接。与传统架设方法相比，该方法可节省工期30天。

 桥梁诗咏

重庆东水门长江大桥赋一

轩正言
2023.01.20

长江桥艳水门东，
六项冠军世界荣。
跨径第一惊世界，
索梁锚固撼观宏。
平行钢绞拉丝线，
锚定吨衔世界雄。
主塔空间曲面构，
天梭轮廓造型鸿。

中铁大桥局建造的重庆东水门长江大桥位于重庆市渝中区，于2014年3月31日建成通车。大桥为公路与轨道两用，上层是城市次干道，双向4车道，设计时速40千米。

下层为双线轨道，有轨道交通6号线通过，设计时速60千米。正桥长858米，主跨445米，桥面宽21米。

重庆东水门长江大桥赋二

轩正言

2023.01.20

具有独创景观效,
支撑方式腿承牛。
大桥已建压力解,
路畅途流通道优。

东水门长江大桥具有独创景观效果,主桥塔下大吨位支座采用牛腿支撑方式,为世界首创。大桥建成后极大地缓解重庆江北、渝中和南岸三区的出行压力。该大桥成为连接渝中区与南岸区之间的又一条快速通道。

176

重庆东水门长江大桥赋三

轩正言
2023.01.20

白色天梭桥塔见,
钢桁架越色红颜。
斜拉双塔白云里,
雅致明丽处子端。
贵胄华服共夜色,
雍容大气景风轩。
巍巍重庆山城景,
塔艳梁丽亮点燃。

东水门长江大桥白色的天梭形桥塔与红色的钢桁架梁体,使这座双塔斜拉桥白日里如端庄处子,雅致明丽。夜色中的大桥似华服贵胄,雍容大气,是重庆城市景色的突出亮点之一。